吉野万理子
丹地陽子・絵

短編小学校⑥

6年3組さらばです

静山社

今回は、海のすぐそばにある小学校のおはなしです。

この学校は来年の三月で閉校《へいこう》が決まっています。

下級生たちは、山のほうの小学校にうつるのです。

最後の一年、六年三組のみんなは

どんなふうに過ごすのでしょうか。

……あなたは、何かとさよならをしたこと、

ありますか？

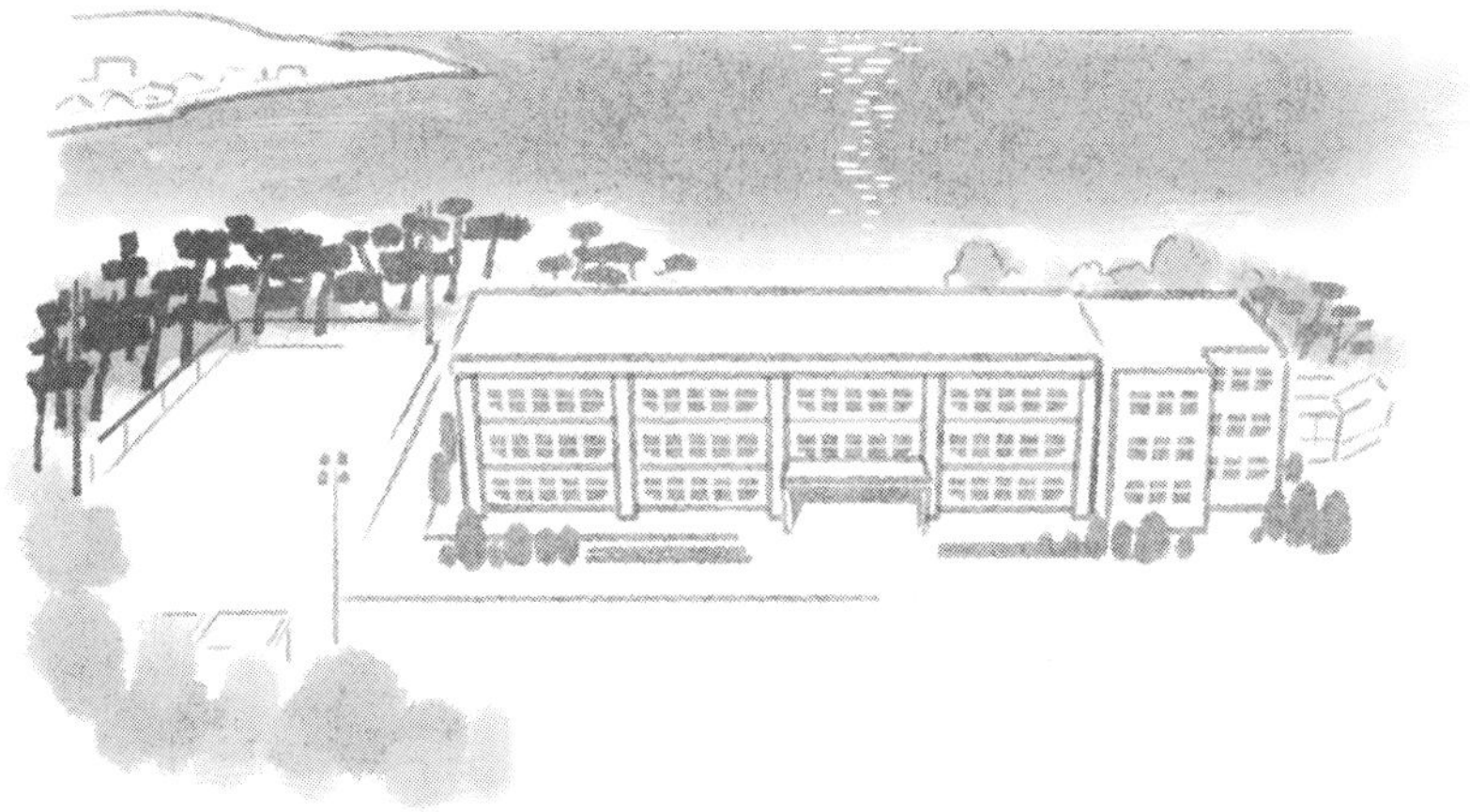

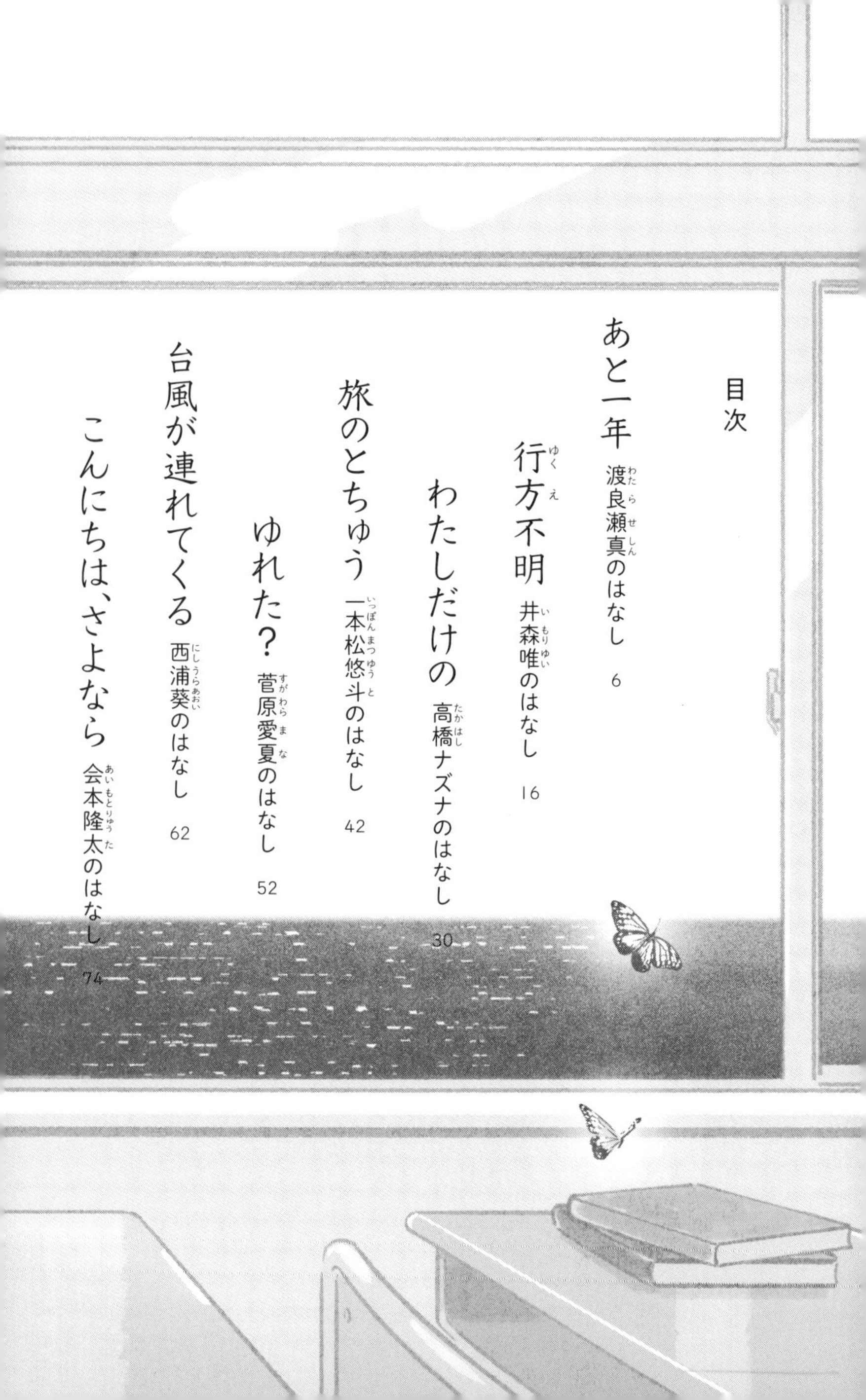

目次

「あと一年」

渡《わた》良《ら》瀬《せ》真《しん》のはなし

家から海洋博物館まで、自転車なら十分もかからない。でも、今日はもう少しおそくなった。とちゅうで自転車を降《お》りて、学校の校舎を見上げていたからだ。ぼくの通う小学校は、博物館のとなりにあるのだった。

ふう。思わずため息をついてしまう。

明日から六年生。いつもならこの時期は、新しい学年が始まるぜ！　とわくわくするのだけれど、今年はそういう気分になれない。

だって、カウントダウンは始まっているから。あと一年で終わりなのだ。

ぼくらがあと一年で卒業する、という意味だけではない。学校自体がなくなってしまう

んだ。

来年の三月で、波島《なみしま》第一小学校は閉校《へいこう》する。

理由は「海に近すぎるから」。

ぼくは、再び自転車に乗った。早く海洋博物館に行かなくては。学芸員の後藤《ごとう》さんから「見せたいものがある」と連絡《れんらく》をもらって、「三時ごろ行きます」と伝えたのだけれど、うで時計を見たら、もう二時五十八分だった。

校舎を過ぎて、グラウンドの横をぼくは走る。広いグラウンドの向こうに松林が見える。そのあたりからもう砂浜《すなはま》だ。少し下っていくと、海に出る。松林と砂浜《すなはま》も学校の一部みたいなものだった。

初夏から秋までは、アカテガニが現れる。グラウンドだけではなく校舎のなかにまで。いっしょに授業を受けることもあった。でも、それも今年限りなんだ。

来年になると、今の一年生から五年生までは、丘《おか》を登ったところにある波島第二小学校に転入する。

五年生以下はいいよな、と思う。新しい校舎に通うから、そちらにも思い出ができる。ぼくらは、この学校にしか思い出がなくて、でも来年になったら、だれも立ち入れないただの建物になってしまう。カニは、人間がいなくなっておどろくだろうか。

学芸員の後藤さんと知り合ったのは、カニがきっかけだ。

ぼくが自由研究で、学校にいるアカテガニの生活を調べていて、後藤さんに質問したのが最初だった。それ以来、博物館に展示《てんじ》されている化石や標本について教えてくれるようになって、しょっちゅう通って話を聞いている。小学生は無料で入れるんだ。

自転車のスピードを上げた。夏になったら、こんなに速く走れない。横切るカニをひいてしまうかもしれないから。今はまだ、松林や校舎の周りの巣穴《すあな》で、冬眠《とうみん》している。

着いた。駐輪場《ちゅうりんじょう》に自転車を停《と》めた。

博物館の入口は暗い。後藤さん、いるかな。きょろきょろしながら、ぼくはなかに入った。入口に受付のおばあさんがいて、手元のテレビを見ている。ぼくをちらっと見て、お行きなさい、というように、手をさっさと左右にはらった。

一階のおく、水槽《すいそう》の前に、ひょろっと細くて猫背《ねこぜ》のおじさんがいた。

「後藤さ〜ん」

呼《よ》びかけると、

「あ、渡良瀬《わたらせ》くんかい」

ふり返った後藤さんはニッとわらった。

「これを見せたかったんだ。すごいだろ」

「あ！　水槽《すいそう》に魚が」

左右二メートル以上ある大きな水槽《すいそう》だけれど、ポンプが故障《こしょう》していたため、この博物館には魚がまったくいなかった。ならんでいるのは、化石と標本ばかりだったのだ。

その水槽《すいそう》に生きた魚を展示《てんじ》したいと思って、後藤さんはがんばってポンプを直し、魚を収集《しゅうしゅう》したんだそうだ。水槽《すいそう》には何種類か泳いでいる。

ぼくはカニにはくわしいけれど、魚の名前はよくわからない。

「これ、何？」

元気に泳いでいる魚を指さした。

「シマスズメダイだよ。こっちはサザナミフグ」

ぷあぷあとのん気そうにうかんでいる魚を、後藤さんは指さした。

「この湾《わん》にいる魚をさ、これから水槽《すいそう》で見せていきたいと思うんだ」

ぼくは「これから」という言葉が気になった。ぼくらの学校は移転するけど、博物館はどうなんだろう？

質問すると、後藤さんは答えた。

「うちは残るんだ」

「え、ずるーい。なんで？」

ぼくは、水槽《すいそう》の向こう側にある大きな丸窓《まるまど》のそばまで行った。ここからは砂浜《すなはま》と海が見える。今日の波はまあまあおだやかだ。ゆっくりと白い泡《あわ》をはきながら、砂浜《すなはま》をかけあがり、またもどっていく。

後藤さんは、ぼくの後からゆっくり歩いてきた。

「昔はもっと砂浜《すなはま》、広かったよな。いや、昔じゃなくて、ほんの数年前でも」

「うん」

遠浅の海で、ずいぶん遠くまで行けた。でも、ここ数年で、どんどん浜《はま》がせまくなってきた。

実は、それが波島第一小学校の閉校《へいこう》の理由だ。このまま砂浜《すなはま》がえぐれていったら、小学校のグラウンドも高潮《たかしお》ですぐに水びたしになるかもしれない。だから、今のうちに、と決まったのだ。

せまくなったのは、地球温暖化《おんだんか》のせいだと担任《たんにん》の小室《こむろ》先生はいっていた。水面が少しずつ上昇《じょうしょう》しているようだ、と。そして、台風が今までよりも大型化していて、強い波が砂《すな》を運び去ってしまう。

「博物館だって、もうすぐ高潮《たかしお》の被害《ひがい》にあうかもよ？」

「そうしたら、うちは閉館《へいかん》して、資料をよその博物館にわたすことになるかもしれないな」

「え、移転しないってこと？」

「なかなか財政的に厳《きび》しくてね」

後藤さんは、フロアを見わたして、苦わらいをうかべた。

たしかに、お客さんが少ないのだ。というか、いない。今も一階の展示室《てんじしつ》にいるのはぼくだけだ。だから後藤さんは、いっしょにこうやって海を見ている。

「どっかから砂《すな》を運んできて、地球温暖化《おんだんか》と戦えばいいのに」

ぼくは口をとがらせた。

「そういう案もあったんだ。でも、調査したら、けずられていく砂《すな》の量が多いから、焼け石に水だろうってね。いや、焼け石に砂《すな》か。最終的には、護岸工事をするしかないのかもしれない」

「護岸って海岸をコンクリートで固めちゃうってこと？　穴場《あなば》の海水浴場なのに」

海の家などはない地味な砂浜《すなはま》だけれど、夏は家族がテントを立てたり、ビーチマットをしいたりして、半日くつろいで海水浴を楽しむ。それもなくなってしまうのか。

「ぼくら新六年がいちばんつらいよー」

「そう？」

後藤さんがわかってないみたいなので、ぼくは説明した。新しい学校で思い出を作れないこと、卒業したとたんに、その学校がなくなってしまうこと。

でも、やっぱり後藤さんはなっとくしていなくて、

「そうかなぁ」

と、うでぐみをした。そして続けた。

「いちばんかわいそうなのは、今の新五年生じゃないかな？」

「え？　なんで」

「この学校に思い出がたくさんあるのに、別の学校で卒業しなきゃいけない」

「そうだけど」

「二、三年いたらなじめるかもしれないけど、たった一年だとお客さんの気分のまま、気づいたら三月かもしれないよ？」

「うーん」

「君だったら、あっという間になじめるかい？」

自分がもし今の新五年だったら……今まで考えたこともなかった。

波島第二小に吸収《きゅうしゅう》されるから、もともといるやつらのほうが強そうだ。ほんと「お客さん」として、おじゃましまーす、って感じになるかもしれない。

「君ら六年生が、さびしさを乗り越《こ》えなきゃいけないのはたしかだけど、五年生のこともはげましてやってほしいよ」

後藤さんがいう。

「はげますって……どうやったらいいんだろ」

「実は、五年生にもアカテガニがすきでいろいろ調べてる子がいてね。その子も呼《よ》んでるんだ」

「え」

ぼくだけ、後藤さんに特別あつかいされているんじゃなかったんだ、とがっかりする気持ちと、ほかにもカニにはまってるやつがいるんだ！　というおどろきと、半々だ。

「ほら、来た。近藤《こんどう》くんだよ」

現れた子に見覚えはあった。そう大きくない学校だから、下級生もだいたい顔はわかる。ほっぺたが赤くて、声が高めで、いっつも顔がちょっとわらってる感じなんだ。

近藤くんは、ぼくなんか見てなくて、水槽《すいそう》に吸《す》いよせられていく。

「わーっ、サザナミフグだ！　シマスズメダイは五ひきもいる！」

すごい。ぼくは目を見開いた。自分が知らなかった魚の名前を、こいつはぱっと当てちゃった。一気に興味がわいてきた。

「なあ、アカテガニがすきって聞いたけど、どのへんがすきなわけ？」

話しかけると、近藤くんはこちらに顔を向けてわらった。

「赤いかわいいツメと、木にも登っちゃう脚力《きゃくりょく》と、うーん……全部！」

「ぼくも！」

気が合うみたい。学校とさよならすることばかり考えていたけれど、新しい出会いもあるんだな。最後の一年。五年生とも何かできたらいいな。

「行方《ゆくえ》不明」

井森唯《いもりゆい》のはなし

うちのネコがいなくなっちゃった！

宅配便《たくはいびん》の人が荷物を届《とど》けに来て、お母さんがドアを開けている間に、脱走《だっそう》してしまったの。

今までにも何回かあって、一時間以内でいつも帰ってきてたんだよね。わたしたちの心配なんて気にしてなくて、「あー、おなか空いた」って顔をして。

でも、今日は夕方になってももどらなくて、わたしたちは家の前の道路からどんどんさがす場所を広げて、公園やバス停にまで行った。

「ニャニャ！　ニャニャってばー、どこにいるの？」

さけんだけど、見つからないの。

日が暮《く》れて、空が暗くなって、しかたなく家に帰ったよ。

生まれて初めて、食欲《しょくよく》なくした。

「いやいや、しょんぼりしてる場合じゃないよ！」

おこった顔でお母さんがいったのでハッとした。そうだよね、やれることやらなきゃ。

お母さんと、中学校から帰ってきたお兄ちゃんといっしょに、ポスターを作ったの。

わたしが絵をかいた。ニャニャはシルバーの毛に黒のもようがくっきり入ってる。目はぱっちりしてて、足が長いの。

とっても人なつこいから、だれかに保護してもらってるといいんだけど。

あ、「保護」で思い出した。仲良しのナズナちゃんの家は、保護ネコ活動をやってるんだった。もしかしてニャニャを、ナズナちゃんが保護してないかな～？　電話して聞いてみたけど、今日新しいネコは見てないって。

だよね……。

けど、ナズナちゃん、はげましてくれた。見つかるまでいっしょにさがしてくれるんだって。ちょっと元気出た。

次の日の放課後、ナズナちゃんとスーパーの前で待ち合わせた。ナズナちゃんは店内の掲示板《けいじばん》に、「保護ネコ譲渡会《じょうとかい》」の案内をよく貼《は》らせてもらうんだって。譲渡会《じょうとかい》っていうのは、ナズナちゃんの家で保護していたネコを、ほしい人に譲《ゆず》る会のこと。

保護ネコは、迷いネコと捨《す》てネコのことだと思ってたけど、ほかにもいろいろいるそうだよ。飼い主が病気になったり亡《な》くなったりして残されたネコとか、飼い主があまりにたくさん飼いすぎて育てられなくなった「多頭飼い崩壊《ほうかい》」とか。

ナズナちゃんのお母さんが主に活動してて、家にはいつも七、八ぴきのネコがいるそうだよ。すごいね。

「飼い主がこんなに必死にさがしてくれてるんだもん。絶対見つかるよ」

そうナズナちゃんははげましてくれる。

「だよね？　ね？　ね？」

わたしはその言葉がうれしくて、いっしょうけんめい念押《ねんお》ししちゃった。

というのも、スーパーの店長に悲しいことをいわれてしまったせい。

「十二歳《さい》なのか、このネコ。もしかして死に場所を求めて家を出ちゃった可能性はないかなぁ」

と店長がいったの。

わたしびっくりして、しばらく身動きできなかった。その店長がいうには、ネコって自分がもうすぐ死ぬとわかると、家を出て、最後に過ごす場所をさがしに行くんだって。

「ニャニャちゃんはそんなんじゃないよ！」

と、ナズナちゃんがおこってくれてよかった。あとちょっとでなみだが出るところだったよ。

まあ、店長、悪気はなくていい人なんだけどね。掲示板《けいじばん》にポスター、ちゃんと貼《は》ってくれたし。

ニャニャが死に場所を求めて出ていっちゃうなんて、考えられない。ありえない。とんでもない。だって、まだたくさん食べるし、水もしっかり飲むし、ヒモを見せると飛びついてくるし。

いつかは、さよならをいうときが来るのかもしれないけど、今じゃないよ。

どこかを散歩して、迷子になっちゃったんだよね？

二週間たったけど、ニャニャは見つからない。

ケガしてるのかなぁ。人なつこいから、だれかに助けてもらってるといいけど。どこか遠くに行っちゃって、そこで野良《のら》ネコとまちがわれて、えさをもらってるのかな。

学校でもニャニャのことを考えちゃう。写真を五十枚《まい》くらい持っていって、ナズナちゃんに見せた。

「背中《せなか》のまんなかで、Xの文字みたいに、黒いもようが交差してるんだね」

「そうなの！　アメリカンショートヘアってシルバーと黒のがらの子が多いんだけど、

ニャニャはそこの部分が特徴《とくちょう》なの」

話しているうちに、またなみだが出てきそうになる。

ゆいいつよかったのは、今までお母さんに「ダメ」といわれていたスマホを買ってもらえたこと。ニャニャについて、インターネットでも情報を拾ったり、「さがしてください」ってお願いをしたりするのに必要だから。


それから三日ほどたった日の夜。ナズナちゃんからのメッセージがスマホあてに届《とど》いた。

『これ、唯《ゆい》に似てない？』

え？　わたしに？　何をいってるんだろうと思った。だって添付《てんぷ》されてた写真は段《だん》ボールっぽい紙で、そこには、幼稚園《ようちえん》の子がかいたのかな？　っていうような、顔のりんかくと目と鼻と口だけが、うすく刻《きざ》まれているものだったから。

目がたれて～、口がにっとわらってるときみたいに、横に広がってる……えーっと、わたしに似てるかといわれたらそうかもしれないけど？

返事にこまってたら、ナズナちゃんからさらにメッセージが送られてきた。

「これ、ネコがかいたんだって」

ハァ？　ネコが絵なんてかけるわけないのに。

わたしはナズナちゃんに電話をかけた。

「ネコの絵って何？」

「ツメで段《だん》ボールに絵をかいたんだって」

「だれが？」

「アスピョリンってハンドルネームの人が飼ってるネコなの。『ネコがこんなアートを作りました』だって」

「ふうん」

連絡《れんらく》してくる意味がわかんないよ、ナズナちゃん。そのネコがどんなアートをかいたって、ニャニャとは関係ないし。

「このアートをかいたネコの写真が、アスピョリンのＳＮＳに出てるの。アメショなんだ」

「え！」

「もようが似てる気がしてね。背中《せなか》のX」

「ええっ!?」

やっとナズナちゃんのいいたいことがわかってきた。もしかして、この絵をかいたのが、ニャニャってこと？

わたしはアスピョリンのSNSを教えてもらって、急いでスマホでチェックしてみた。

ニャニャは、一週間前から急に登場している。「保護ネコを引き取りました」だって。

そして、背中《せなか》のもようも、横顔も、ニャニャに似ている。

このネコが、段《だん》ボールに絵をかいたのは……もしかして本当にわたしの顔なんじゃないかな？

ニャニャがつけていた銀色の首輪はないけれど、それはアスピョリンがはずした可能性ある……よね。

わたしはろうかを走って、居間にいるお父さんのところへ行った。

「何いってんだよ、ネコが絵をかくなんて」

最初は相手にしてくれなかったお父さんだけど、アスピョリンのＳＮＳを見せたら、急に口数が減って、いっしょうけんめい見始めた。


次の土曜日、お父さんの運転する車に乗って、となりの丘《おか》の上まで行った。

というのも、アスピョリンのＳＮＳに出ている写真をさかのぼってチェックしたら、アカテガニが家に入ってきたとか、丘《おか》の上から海が見えるとか、いろいろ手がかりが見つかったから。このあたりじゃないか、ってお父さんと見当がつけたの。

家の庭に子ども用のブランコがあるらしい。じまんげに書いていた。もっとも、子どもたちはもう大きくなって、家を出たんだって。

「あ！」

わたしは、黒いフェンスの家を指さした。植木の合間から、ブランコが見える。

「本名は丸木《まるき》か」

表札を見て、お父さんがつぶやいた。門を入ったところに、ごみに出す予定と思われる段《だん》ボールがあった。

「あっ、これ！　SNSで見たやつ」

ネコがかいたとじまんしていた段《だん》ボール。この家の人がアスピョリンでまちがいない！

わたしたちは車から降《お》りた。

窓《まど》が開いているから、思い切って、

「ニャニャー！」

と呼《よ》んだら、なんと！

ニャニャが顔を出した。網戸《あみど》をがりがりとツメでかいて、外に出ようとしている。

「もめごとになると心配だから」

お父さんは警察《けいさつ》を呼《よ》んだ。そして、制服すがたのきりっとしたお姉さんが来てくれたところで、ピンポンをおした。

出てきた男の人にお父さんはいった。

「お宅《たく》のネコが、いなくなったうちのネコととても似てるんです。念のため、見せていただきたくて」

わたしは、男の人、すなわちアスピョリンがおこりだすんじゃないかと思った。でも、わたしのほうを見て、目を見開いた。

「ニャニャがかいた段《だん》ボールの絵に、似てますよね？　わたし」

そういったら、アスピョリンは、びくっと体をふるわせた。

「似てねーよ。それにネコが本当に絵をかくはずねーだろ。たまたまだよ……」

そういいつつも、ちらっと警察官《けいさつかん》のほうを見た。

「迷子のネコで保護してただけです。飼い主が現れるまであずかろうと思って」

えっ、アスピョリン、保護ネコを引き取ったって書いてたよね？　ニャニャは保護ネコじゃないってわかるよね？　首輪してたもの。そう追及《ついきゅう》したかったけど、今はニャニャと再会するのがいちばん大事！

「連れてきてもらえますか？」

わたしはいった。アスピョリンは、家にもどって、ネコを連れてきた。

ニャァ〜ってうれしそうに鳴いている。よかった。やつれている様子はなかった。ちゃんとごはんはもらっていたみたいだ。

結局、アスピョリンをするどく追及《ついきゅう》するのはやめた。うらまれて、またニャニャをねらわれるとイヤだから。

車から、ネコを入れるバスケットを取り出してニャニャを入れた。

「この段《だん》ボールももらいますね？」

捨《す》てようとしてたんだからいいでしょう、と思いつつ、いちおう断った。

そして、警察官《けいさつかん》にお礼をいった。警察官《けいさつかん》は、会話を聞いていて、アスピョリンのことをあやしいと思ったようだけれど、ただニコッとしてわたしに、

「よかったですね」

とだけいった。

家に帰って、ニャニャにおいしいおやつをあげて、それからわたしは例の段《だん》ボールを持っ

てきた。

おかしい。さっきはすごく似ていると思ったのに、別に似ていない。

「ねえ、ニャニャ、これ本当にわたし？」

思わず首をかしげると、ニャニャが、ンニャァ～と甘《あま》えた声を出した。

ネコが飼い主の絵を本当にかいたのか、段《だん》ボールでツメとぎしただけなのか、信じるか信じないかはおまかせするヨ。そういっているように聞こえた。

まあ、どっちでもいいか。

わたしはスケッチブックを部屋から取ってきて開いた。

そしてエンピツで、ニャニャの絵をかき始めた。

「わたしだけの」

高橋《たかはし》ナズナのはなし

夕方はいそがしいんです。

特に今日は、お母さんが出かけてしまったから。

家に電話がかかってきたのでした。子ネコが砂浜《すなはま》に捨《す》てられている、って。野良《のら》ネコの保護活動をしているお母さん、もちろん家を飛び出していきました。

「ネコたちに晩《ばん》ごはんよろしくねーっ」

といい残して。今、家にいるのはわたしひとりなので、やるしかありません。

八ぴきのネコは、それぞれケージの中にいます。えさのお皿は、ケージの入口に置いてあるので、それを全部回収《かいしゅう》して、洗《あら》います。

そしてえさを用意するんです。おとなのネコはドライフード、固いものがかめない子ネコはウエットフード。お母さんが、壁《かべ》に一覧表《いちらんひょう》を貼《は》っているので、その通りに準備していきます。

ニャァ〜、ウニャ〜ン!

ネコたちは、食事の時間と気づいて、ケージの中で大さわぎしています。

それって「いいこと」なんです。ここに保護されてきたばかりのころは、ネコたちは体がボロボロだったり人間を信頼《しんらい》できなくなっていたりして、食べもせずにケージのおくにうずくまっていることが多いので。

ネコたちには、ちゃんとした名前はつけてません。黒いネコはクロ、茶トラはチャチャ、という感じ。それ、お母さんの主義なんです。

保護ネコたちは、いつかは新しい飼い主が見つかってもらわれていくので、その飼い主さんがちゃんとした名前をつけるべきだ、って。わたしたちが名前をつけると、ネコもそれになれちゃうし、わたしたちもさよならするのがつらくなるから。

クロは、早食い選手権《けん》に出られるくらい、食べるのが早くてもっともっとねだってきます。保護したばかりのシロは、逆におそくて、まだ少ししか食べていません。

「ただいまー」

お母さんが帰ってきました。バスケットをかかえています。

「おそくなっちゃった。動物病院によってたから。この子、助かるかどうか、五十パーセントの確率だって」

「え……」

わたしはバスケットをのぞきこみました。灰色《はいいろ》の子ネコです。まだ生後一か月くらいかも。もしかして、ぼろぼろのぞうきんとまちがえる人もいるんじゃないかな？　と思うほど、毛なみがあれています。小さい体が、ときどきけいれんするように、ビクビクッと動きました。目には目ヤニがこびりついていて、うまく開きません。

「ネコ用ミルクあげていい？」

「うん、お願い」

「わかった」

わたしは決めました。この子を絶対助ける！　と。五十パーセントの確率と聞いて、気合スイッチが入ったのでした。

それから毎日、体をふいて、目ヤニをとって、ネコ用ミルクと子ネコ用のウエットフードをあげました。

すると少し元気が出てきたんです！

それで体をきれいに洗《あら》うと、びっくりしました。ふわっふわの毛なんですもん。

さらに目ヤニが出なくなったら、くり色の目がきらきら光るようになりました。

何よりもうれしいのは、わたしが抱《だ》っこしてあげると、うでにキューッといっしょうけんめいつかまるところです。のどをゴロゴロ鳴らしながら、安心しきった顔で見上げてきます。

「この子、わたしが一生飼っていい？」

お母さんに聞きました。

「え、保護ネコじゃなくて、うちのネコにするってこと？」

今までうちにはそういうネコはいませんでした。みんな、いずれはもらわれていくんです。

「だって、わたしが看病《かんびょう》したんだもん」

少し考えてから、お母さんはうなずきました。

「よし、いいよ。ナズナがネコをもっとすきになってくれるきっかけになるよね」

わたしは何度もうなずきました。実はわたし、今までネコのお世話はちょっとめんどうくさいなぁ、と、いやいややるときもあったんです。でも、この子がいたら、ほかのネコももっと大事にしたいな！　って思えます。

名前は「ペンペン」にしました。わたしの名前のナズナは、アブラナ科の植物なんだけど、別名が「ペンペン草」だから。わたしの分身。いちばんの友達。そんな気持ちをこめて。

学校にペンペンの写真を持っていって、同じクラスの唯《ゆい》ちゃんに見せました。唯ちゃん

はニャニャというネコを飼っていて、逃《に》げて行方《ゆくえ》不明になったときに、わたしも少し協力したんです。

「ペンペンちゃんに会いたい！」

唯ちゃんがそういってくれたので、うちに来てもらって、見せました。

「すごくかわいいーっ」

といってくれました。

いつか、ペンペンとニャニャが友達になれたらいいな、とふたりで話しました。

ペンペンのケージは、今は居間にあるけど、わたしの部屋に置きたいなぁ、って考えています。でも、ほかのネコといっしょにいることで「社会性」を学ぶことができるから、あと一、二か月は今のままにしておいたほうがいいそうです。だから、居間にケージを置いたままにしてます。

ねるときに、ペンペンがふとんに入ってきてくれたらいいなぁ〜。そんなことを想像しちゃうんです。

毎月第四土曜日は、保護ネコ譲渡会《じょうとかい》というのをやっています。場所は駅前の不動産会社のビル。ここのオーナーが大のネコずきで、協力してくれているんです。

お父さんもお兄ちゃんも、予定がないときはいつもケージを運ぶのを手伝います。

わたしは同じクラスの美生《みお》ちゃんがお誕生会《たんじょうかい》を開いたので、美生ちゃんちに行ってきました。

帰りに駅前に行って、ビルに入ったとき、

「え？」

思わずこおりついてしまいました。ペンペンがいるではないですか。

「ちょ、ちょっとーっ」

お母さんをつかまえて、うでをゆさぶりました。

保護ネコを譲渡《じょうと》してほしい人と話し中だったお母さんは、顔をしかめながら、

「何よぅ」

と、わたしを見ました。

「なんで、ペンペン連れてきたの！　わたしの子なんだから、置いてきてっていったでしょ？」

すると、お母さんは、わたしのうでを逆にぎゅっとつかんで、裏口《うらぐち》のほうへ引っ張っていきます。

「お兄ちゃんがまちがえてケージを運んできたの」

「ばかニイ！　だったら早く持って帰ってくれたらいいのに」

「お兄ちゃんもお父さんも用事があって、行っちゃったから。わたしが連れてもどるわけにはいかないでしょ？」

「ぐ……」

「それでね、相談があるの。今、ペンペンをどうしてもほしいといってきている人がいるのよ」

何いってんの？　お母さんの顔があっという間にぼやけていきます。なみだがあふれてきていたのでした。

「ダメだよ！」

「でもね、とても大きな家で、ペンペンを本当にたいせつにします、って。うちのごちゃごちゃした場所にいるより、きっと幸せになれるよ？　うちにいたら、二十四時間放し飼いにはできなくて、ケージに入ってる時間も長くなるし」

「わたしの気持ちは？」

「人間の気持ちより、ネコの幸せがいちばん。それがわたしのポリシー。ナズナにもわかってほしいな」

「で、でも……。ペンペンはうちにいたら、ほかのネコの仲間もいて――」

「名乗りをあげてる人は、家に二ひき、先住ネコがいるんですって。だから、仲間もいて」

「や、急にいわれても」

なっとくできないできないできない。でも、言葉がもう思いうかばないんです。

するとと、ボランティアさんが走ってきました。

「高橋《たかはし》さん、もどってくれないと。譲渡《じょうと》希望の方が待ってます」

「そうよね。ナズナ、いっしょに来て、その方に会ってみて」

わたしは、お母さんの後ろについていって、ドアを閉《し》めるとき、バン！　と目いっぱい大きな音を立てました。

すぐそばのケージにいたクロがビクッとふるえたのを見て、ハッとしました。ハンカチを取り出して、しっかりなみだをふきました。

「こんにちは！」

ペンペンをほしいといった人は、にこにこしていて感じのいい人でした。

「あなたが、ネコちゃんを助けてくれたんですってねえ。ほんとに愛らしくて、いい子よね」

ねえ、おばさん、うちに初めて来た日のペンペンを見ても、同じこといえます？　ほんとにきたなくてボロボロだったんだよ？

でも、そうはいえなくて、わたしはぺこっとおじぎをして、ペンペンをちらっと見て、ビルを出ました。商店街を歩いていると、なみだがまた出てきてしまいました。

「どうしたの？」

前から来た人に声をかけられて、立ち止まりました。唯ちゃんでした。

事情を説明しました。すると唯ちゃんはわたしの背中《せなか》をぽんぽんとたたいてくれたのでした。

「ねえ、ニャニャにいつ会ってくれる？　ナズナちゃんのことが大すきで、また会いたいみたいなんだけど。今からでも」

わたしはこくっとうなずきました。唯ちゃん、やさしいなぁ。ニャニャにも会いたい。

歩き出しながら、ペンペンの顔を思い出しました。幸せになってくれるよね？　絶対だよ？

「旅のとちゅう」一本松悠斗《いっぽんまつゆうと》のはなし

え、ナンダコレハ。

ぼくは、目をこらした。

やっぱりマチガイナイ。

見なれないチョウチョがいるなぁと思って、じっと見ていたら、羽にラクガキされてることがわかったんだ。

水色と黒のチョウ。ひらひら、ひらひらと飛んでいた。

正面げんかん横の花だんにある、小さいピンク色の花に、そのチョウはとまった。そっと近づいた。逃《に》げられるんじゃないかと思ったけど、チョウは花のみつを吸《す》っていた。おなかがぺっこぺこだったのかもしれない。ずーっとくっついている。

ラクガキはマジックペンで書かれたみたいだ。何か文字と数字が入っている。

だれがこんないたずらしたんだろう。ヒドくない？

本当は、グラウンドで、隆太《りゅうた》がＫ―ＰＯＰグループのダンスを練習しようといってきたので、向かっていたんだけど、ほかのやつにまかせておけばイイカナ。

ぼくは、担任《たんにん》の小室《こむろ》先生に伝えようと思った。先生は大学では理学部生物学科だったんだって。

今は放課後。先生は、職員室にいる可能性が高い。

歩きだしたぼくは、すぐに立ち止まった。さっそく小室先生を見つけたんだ。正面げんかんから出てきた。あははは、っていうわらい声に特徴《とくちょう》があるんだ。すごーく楽しそうな声。

話しかけていいものか、マヨウ。

というのも、いっしょに歩いているのが校長先生だから。

校長先生はこの春に転任してきたばかりなので、話したことはない。長いかみの毛をいつも後ろにまとめていて、キリッとこわいイメージ。

ふたりはぼくの立っているところへ向かってきた。

しかも、校長先生はにこにこしながら小走りしてくる。ナンデ？　校長先生がわらっているの、初めて見たよ。

「わー、うれしいわ。小室先生、逃《に》げてなかった！　いたいた！」

「あ、それです。ぼくがさっき見たチョウ」

後ろからついてきた小室先生もにこにこしている。

ふたりがうっとりながめているのは、ラクガキされているチョウではないか。

「あのー、このチョウ」

ぼくが指さすと、校長先生は目を見張った。

「あら、一本松くんも知ってるの？」

「え？」

知ってるって何を？　という疑問《ぎもん》と、校長先生、ぼくの名前知ってるんだ、というビックリが重なって、返事がおくれた。この学校に来たばかりなのに、みんなの名前を覚えてるのかな。だとしたらスゴイ。

「このチョウね、アサギマダラっていうの。小室先生に話を聞いて興味を持ってね。もしかしたら来てくれないかな〜、って期待して、この花を植えたのよ。シノグロッサムっていうの」

この花だんには、背《せ》の高い、小さい花がたくさん植えられてるんだ。ピンク色の花と、ムラサキ色の花。

「シノグロッサム」

十回くりかえしても、すぐに忘れてしまいそうな、覚えにくい名前だ。しかも、花の名前をいったせいで、かんじんのチョウの名前を忘れちゃったじゃないか。

「このチョウ、そんなにめずらしいの」

「そうね。旅をするチョウなんですって。ね？　小室先生、説明してあげて」

「はい。アサギマダラは春、南から北へ向かうんだ。日本で、これだけ長旅をするチョウはほかにいないから、そういう意味では、本当にめずらしいチョウだよ。シノグロッサムのほかには、スナビキソウなんかもすきで、その花のみつを吸《す》いながら、北上するんだ」

「小室先生、写真お願いね」

「はい」

小室先生は持っていたカメラをかまえた。羽を開いているチョウは、ラクガキされた部分が丸出しだ。なのに、先生、ちっとも気にせずに、カシャカシャとシャッターを切っている。

「あのー、この文字」

ぼくがいうと、校長先生はチョウのすぐそばまで近づいてしゃがんだ。さすがにチョウは舞《ま》い上がったけど、すぐにまた降《お》りてきて、花のみつを吸《す》い始めた。

「最近、老眼が進んじゃってねえ。メガネ忘れてきちゃった」

校長先生が目を細めている。

「カタカナでヒメって書いてあります。あと、数字とか」

ぼくは今度こそ先生が、「あら、ひどいわね！」とふんがいするだろうと思っていた。

ところが、逆だった。先生は、

「まあ、ヒメ!?」

って、まるで自分がおヒメさまといわれたみたいに、両手を組んでにっこりしている。

だからズバッといってみた。

「ラクガキなのに、いいんですか？」

「ああ、これはね、ラクガキじゃないの。マーキングっていうそうなのよ」

校長先生がいった。

「マーキング？」

「このマーキングを見ると、チョウが以前どこに立ちよったかがわかるの。小室先生、ヒメってなんだかわかる？」

小室先生はうなずいた。

「はい。ヒメは、姫島《ひめしま》のことだと思います。大分県の姫島」

「え、大分県」

遠い。そこから飛んできたなんて。でも、ぼくはまだナットクできない。

「記録は大事かもだけど、チョウがかわいそうじゃないですか？」

「たしかにチョウは、つかまって書かれる間、こわい思いはするだろうけど、羽をいためないように、じょうずにマーキングすれば、飛ぶのに問題はないんだ」

「え、ほんとに？」

「そう。それに、アサギマダラはどこまで北上するのか、まだわかってないことが多いんだ。だから、こんなルートで飛ぶのか、とか、こんな北のほうまで飛んだのか、とかわかって、本当に参考になるんだよ」

そうなのか。

「あっ、また来たわ」

声をあげたのは校長先生だ。

見ると、シノグロッサムに新しいアサギマダラが来ている。今度はマーキングがナイ。

「これは、羽がきれいなままだ」

「一本松くん、よかったら、アサギマダラの研究してみない？」

校長先生がいう。小室先生はポケットからマジックペンを取り出した。

「マーキングしてみたらどうかな。書き方は教えてあげるよ。チョウがさらに北へ行ったとき、だれかが見つけてくれるかもしれない」

いっしゅん、オモシロそう！　と思った。でも……。

「このチョウが北に向かって飛んだら、さよなら、ですよね？　あんまりオモシロくないっていうか」

来年もチョウは来るかもしれないけど、もうぼくこの学校にいないし。ていうか、この学校がないし。

「来年まで待たなくても、今年の秋に、またもどってくるそうよ」

校長先生に思いがけないことをいわれて、

「ええっ？」

ぼくは声を上げた。

「同じチョウじゃないかもしれないけれど。このチョウが北の地でうんだ子が、今度は秋に南へ向かうんですって」

ぼくは花だんと先生たちを交互《こうご》に見た。

「またこの花だんに来てくれるかな？」

すると、小室先生が首を横にふった。

「そこが問題なんだ。シノグロッサムは春の花だからね。秋はさかないんだ」

「え、じゃあ？」

「秋には秋の、アサギマダラがすきな花があるんだよ。たとえばフジバカマっていう植物とかね」

はっ！　ヒラメいた。

「そうか！　それを空いてる花だんに植えたらもしかして」

「来てくれる可能性はあるね」

よし！　ぼくがぱっと頭に思いうかべたのは、同じクラスの渡良瀬真《わたらせしん》を中心に最近盛《も》り上がってる「カニプロジェクト」だった。アカテガニのことを五年生といっしょに調べてるんだ。なんとなくうらやましいと思いつつ、参加できないでいた。

そうだ、ぼくは新たに「旅するチョウプロジェクト」を始めよう。

「先生！　マーキング、ぼくだけじゃなくて、クラスの子も呼《よ》んできていいですか？　チョウ、すぐに行っちゃうかな？」

「旅でつかれてるから、ここでチョウは一休みすると思うよ。だから、呼《よ》んでおいでよ」

「はいっ」

マーキングをじょうずにやる方法を教わって、それからヒメって書いてあるチョウのことを姫島に連絡《れんらく》して、それからそれからフジバカマを見つけていっぱい花だんに植えるんだ。チョウプロジェクト、いそがしくなりそうダナ。

「ゆれた？」

菅原《すがわら》愛夏《まな》のはなし

昼休みがそろそろ終わる。

「授業が始まって五分たったら、『地震《じしん》だ』っておれがいうから、みんなあわてた感じで、つくえの下にもぐろうぜ」

新庄翔《しんじょうしょう》くんが、大きな声でいう。翔くんは前から三番目で、窓《まど》ぎわから四番目。教室のど真ん中の席ということもあって、クラス全体をしきってる感じ。

「うーん」

わたしは首をかしげて、となりの藍花《あいか》ちゃんを見た。おんなじ気持ちみたいだ。藍花ちゃんも、首をかしげて、こまったなという顔で苦わらいをうかべている。

藍花ちゃんは学級委員で、クラスのまとめ役なんだけど、ふだんは静かで、前に出てバシバシとしきるタイプじゃない。

「先生をだますのって、あんまり……だよねぇ」

そうわたしがいうと、藍花ちゃんは、

「でも、みんなやるみたい」

と、周りを見ながらいった。

葵《あおい》ちゃんと唯《ゆい》ちゃんが楽しそうにわらってる。

翔くんはクラスの人気者。おわらい芸人のマネが得意で、隆太《りゅうた》くんとよくコンビを組んでやっている。最近は、「あああ、やっちまいました」「やっちまやっちまー」というセリフをよく聞く。若手《わかて》芸人のネタらしい。わたしはあまりテレビを見ないので、わからないけれど。

「おいおい、そこ、ノリ悪め？　だいじょうぶ？」

わたしのななめ前にすわっている隆太くんがふりむいた。

「あ、うん」

藍花ちゃんが先に返事をした。わたしは思い切って聞いてみた。

「先生におこられないかな」

「小室《こむろ》先生ってノリいいから、もし地震《じしん》がうそってバレたら、自分の頭パーンとたたいて、くそーっ、とかいいそう」

「いいそう、いいそう」

隆太くんがいうと、翔くんが手をたたいてわらった。

こういうとき、やっぱやめようよ、っていえる人いるのかな？

「うん、わかった」

わたしはうなずいた。

教室は、いつもよりも話し声が少なくて、みんな壁《かべ》の時計をちらちら見ている。

チャイムが鳴った。

急に胸《むね》がどきどきしはじめた。

つくえの上に何も出していないことに気づいて、あわてて算数の教科書を出した。今やっているのは分数の割《わ》り算。前回、教科書に出ている二問のうち一問が授業中に終わらなくて、宿題になっていたのを思い出した。わたしは、授業が終わってすぐに解くことができて、やった！　自分は分数が得意なのかも、とうれしくなったことも思い出した。

「はーい、五時間目。みんなねむいかもだが、算数始めるよ」

小室先生が入ってきた。先生は背《せ》が高くて足が長いので、引き戸から教壇《きょうだん》まで、四歩くらいで着いてしまう。すぐにペンを持って、白板に分数の式を書きはじめた。

「さあ、みんな、これわかったかな。こないだ宿題にしたやつな」

「あ」

「やべ」

小さなざわめきが起きる。

「はいー、忘れてた人。今すぐ解いて」

あっという間に、五分が過ぎた。翔くんは動かない。

やっぱりやめたのかも。わたしはほっとして、ノートを開いた。

指されるかと思ったけれど、先生が自分で問題を解いて答えを出してくれた。

合ってた。

赤エンピツで大きくマルをつけたときだった。

「ゆれてねえ？」

翔くんが、天井《てんじょう》を見上げている。

「あ、やべ、なんかゆれた」

隆太くんが頭をおさえて、

「これ、つくえの下、入ったほうがいいんじゃね？」

といって、さっそくしゃがみこんでいる。

「え、やだ、こわい」

「早くもぐろう」

みんな口々にいいながら、マネをしている。わたしは何もいわなかった。だまったままつくえの下に入った。そしてそっと先生のほうを見た。

小室先生は教卓《きょうたく》に両手をついて、天井《てんじょう》を見て、窓《まど》の外を見て、みんなの様子を見ている。

「はい、だいじょうぶそうです。みんな、出てきて」

冷静にいわれて、わたしは藍花ちゃんと顔を見合わせた。先生にバレてる？　おこってるんじゃない？

「はー、ビビった」

翔くんがそういいながらすわったけど、ほかはだれもしゃべらなかった。

先生は、まだ教卓《きょうたく》に手をついたままだ。

「今、本当に地震《じしん》は起きたのかな。先生はわからなかった。ゆれたかい？」

みんな、顔を見合わせた。うそをいうことになってしまう。

ちんもくが流れる。先生、すごくおこっていそう。わたしは先生と目が合わないように、教科書の数字をじっと見つめていた。

「あの！」

翔くんの声がひびいた。

「おれがやろうっていったんです。地震《じしん》のふり」

わたしは顔を上げて、翔くんを見た。立ち上がっている。

「すみません」

翔くんは、こういう人だから人気があるのだと思う。大事なときに逃《に》げない。

先生は、教卓《きょうたく》から手を放した。そして教壇《きょうだん》を行ったり来たりしはじめた。

「いいよ、新庄くん、すわって」

「はい」

翔くんがいすを引く音だけが教室にひびく。

「先生は今ちょっとおこっているんだけども、別に新庄くんがしかけたいたずらにおこってるわけじゃないんだ」

へ？　教室の空気が少しゆるんだ。みんな、顔を見合わせている。

「地震《じしん》は、大きな災害を起こして被害《ひがい》を受ける人がたくさんいるから、遊び半分にやるのはセンスがいいとはいえない。でも、先生だって昔は子どもだった。そういういたずらを思いついた新庄くんの気持ちはわかる。だからおこりたいとは思わない。ただ、ひとつ非常にがっかりしたことがあるんだ」

先生のいい方が静かすぎて、こわくなってくる。なんだろう。がっかりしたこと。

「このクラスの全員が、そのいたずらに賛成したのかな？　やりたくないと思った人もいたんじゃないかな」

わたしはどこを見たらいいかわからなくなって、窓《まど》の外を見たり、ふでばこを見たり、いそがしく視線《しせん》を動かした。こういうのを「目が泳ぐ」っていうんだろうな。

「いたずらに参加したくなかった人！　なんて手を挙げさせようとは思わないけど、きっといたと思う。そんないたずらくだらない、って感じたり、算数の勉強をちゃんとしたいと思ったり。だけど、全員でやらなきゃ意味がないから、っていう圧力がかかった。それは無言の圧力かもしれない。空気を読めっていうプレッシャーかもしれない」

先生は、ペンを手に持って、白板に向かった。そして、四文字の漢字を書いた。

同調圧力

「これ、先生がとてもきらいなものなんだ。気持ちをおさえつけて、こうしなきゃいけない、ってみんなと同じことを強《し》いるのはやめよう」

それから先生はふっとわらった。

「もし、クラスの半分くらいが地震《じしん》だっていって、つくえの下にもぐって、あとの半分がすわったままだったら、先生はわらってしまったと思うな。みんながみんな、いっせいにもぐったから、なんだかイヤな感じがした」

わたしは、とうとつだけれど、前にテレビで見たフェンシングを思い出した。剣《けん》でずさっと相手を突《つ》く。それと同じように、先生の言葉はわたしの頭を突《つ》いてきた。

「何かいいたいことある人」

小室先生が教室を見わたす。こういうときに手を挙げるタイプではない。わたしは。だけど……。

　手を挙げた。

「はい、菅原さん」

　わたしは立ち上がった。

「今の先生の言葉、ずっと覚えていようと思います」

　それだけいってすわった。

　先生は少しだまって、それからうなずいた。

「ほかにいいたいことある人……。いないなら、そうだ、算数の授業だった！　もどるぞー」

「すごいよ、愛夏《まな》ちゃん。わたしは手を挙げられなかった」

　藍花ちゃんがささやいてきた。

　授業が始まったから返事できなかったけれど、わたしは心のなかで答えた。

　うん、今年に入って初めて手を挙げたかも。ああいうときだまってあきらめてしまう自分に、サヨナラしようと思ったの。

「台風が連れてくる」

西浦葵《にしうらあおい》のはなし

うーん、だるい。

すごくねむくなってくるんだよね。台風が来ると。

「気圧が低くなってるせいよ。お母さんもだるいもん」

お母さんがそうはげましてくれるけど、ごめん、実はちょっとイヤ。いっしょにされたくないというか。

気圧が低くて調子悪いっていってる人、おとなの人だよね？　小学生とか中学生じゃあまりいわないよね？

でも、本当にそうなのかも。西浦家の呪《のろ》い……じゃなくて遺伝《いでん》かな。

「台風が来るとわくわくする」っていうクラスの子たちがうらやましいよ。

わたしは、ソファに転がってクッションをかかえこみながら、テレビを見た。さっきからニュース番組では、台風の情報をやってる。中心気圧が九四五ヘクトパスカルで、最大瞬間風速《しゅんかんふうそく》が四十五メートル。となりの市が停電三千軒《けん》だって。

県庁《けんちょう》のある市の駅前がテレビに映《うつ》った。夜のバスターミナル、おとながいっぱいいて、タクシーを待ってる。おとなって大変そうだな。

今年は六月にも大きい台風が来て、七月に入った今もまた大きい台風が来て……これまでとちがって一個一個がこわい。しかも、発生してからどんどん勢力拡大《かくだい》して日本にあっという間に来るの。

地球温暖化《おんだんか》が影響《えいきょう》しているようだって、小室《こむろ》先生はいってた。海水の温度が高いと、台風が発達しやすいんだって。

うらむよ、台風。

台風で高波がおしよせるたびに、学校のそばの砂浜《すなはま》がせまくなって、そのせいで、閉校《へいこう》が決まっちゃったんだもんなぁ。

「そこで寝《ね》ちゃダメよ。ベッドに行きなさい」

お母さんにおこられた。

あー、ベッドに移動するのもだるいなぁ。


目が覚めて、ベッドでぐずぐず二十分くらい過ごした。

ようやく起きて窓《まど》を開けたら、青空が目に飛びこんできた。

くやしい。台風が来るなら、ちょうど今！　朝！　来てほしいんだよね。そうすれば学校が休みになって、一日だらだらしていられる。

今回みたいなパターンが最悪。日曜の夜に台風が来て、月曜にぱかっと晴れちゃうなんてさ。

今だるいのは、気圧のせいじゃなくて血圧が低いせいだろうね。

しぶしぶ家を出た。いつもより歩く速度がおそかったみたいで、学校のそばまで来て、ちこくするかも！　と気づいて、走った。

ううう－、頭がくらくらする。

教室に着くと、人が少なかった。あれ？　と思ったら、大半の子がベランダに出ていた。

窓《まど》が開いたままで、生ぬるい風が入りこんでくる。

閉《し》めちゃお、と思ったけど、その前にベランダから顔を出して聞いてみた。

「何やってんの？」

藍花《あいか》ちゃんが、海のほうを指さした。

「ほら、砂浜《すなはま》がゴミだらけになってるの見える？」

え？　目をこらしてみると、何かがきらきら光っている。

「あれ、何が光ってるの？」

「流れついたペットボトルの山」

えーっ、なんだそれ。

昼休み、先生の提案で、教室のそうじを短めに終えて、みんなで砂浜《すなはま》に行ってみることにした。

太陽がぎらぎらして、わたしの皮ふからエネルギーをうばっていくよ。だるいっていうより、しおれた気分。

小室《こむろ》先生が、ふうと息をはく。

「砂浜《すなはま》はだいじょうぶ。けずられてないよ。そのぶん、漂着物《ひょうちゃくぶつ》が多いけどね」

その漂着物《ひょうちゃくぶつ》が問題だよ。

「うわっ」

「ひでー」

あちこちから声が上がった。遠くから見たらペットボトルの山に見えたけど、実際は、スーパーのふくろや白色トレイ、プラスチックのカゴ、ストロー……。多種多様すぎるゴミ!

前も、台風の後は、ゴミが多少は打ち上げられてたんだけど、今回は量がちがう。海にうかんでたゴミが、すべてここに集まったって感じ。

「う、ひどいよ、わたしたちの海を」

唯《ゆい》がなきだした。

いやー、ないたって何も変わらないよ？　どっちかっていうとわたしは、なきたいっていうより、腹《はら》が立ってしょうがないよ。

「片《かた》づけようよ！　先生、ゴミぶくろありますか？」

わたしは、海風に負けないようにどなった。

「お、葵《あおい》がとつぜんやる気出した」

一本松《いっぽんまつ》がわざとらしく目を見開いている。

「いや、君たちはやらなくていいよ。あぶないものが漂着《ひょうちゃく》してるといけないから。軍手もなしにさわっちゃだめだ」

そういって、やる気をそいだのは、わたしたちの後ろにいた、背《せ》が高くて細めのおじさん。よく見たら、おとなが何人か働いてて、ゴミのたっぷり入ったビニールぶくろが十個くらい、砂浜《すなはま》のすみっこに置かれていた。

放課後、わたしは先生に許可をもらって、藍花といっしょにもう一度砂浜《すなはま》に行った。

ゴミぶくろは四十個くらいになっていて、さっきのおじさんたちは砂《すな》の上にすわって、すいとうのお茶を飲んでいた。

わたしがそこらのおじさんだと思ってた人は、海洋博物館の学芸員の後藤《ごとう》さんだって、渡良瀬真《わたらせしん》がさっき教えてくれたんだ。

「あー、君らまた来たのか」

「だいぶきれいになりましたね」

砂浜《すなはま》をおおっていたゴミはなくなり、あちこちにちょこちょこプラスチックが落ちている状態になっている。

「ああ、もうだいぶ片《かた》づいたぞ」

「今なら手伝っていいですか？」

後藤さんたちは、目で相談してからうなずいた。

「じゃあたのむよ。おっさんらは、体がいたくてもう働けないから」

よし。やっと働ける。でっかいビニールぶくろをもらって、わたしと藍花は、ペットボトルを次々と拾って、入れ始めた。

「元通りきれいにすっぞ！」

太陽はあいかわらずぎらぎらしてたけど、わたしもぎらぎらしてるから負けない。

ふだんはだるいだるいと思ってるけど、とつぜんスイッチが入ることってあるんだよねえ。そしてスイッチが入ると、わたしはけっこうなスピードで動けちゃう。

くそう、くそう、くそう。

わたしたちの砂浜《すなはま》をすき勝手にはさせないよ。来年の三月、ここを卒業するまで、この浜《はま》はわたしたちの場所なんだからっ。

ゴミよ、さらば。ゴミよ、消えろ。

あっという間にビニールぶくろが満杯《まんぱい》になったそのときだった。

にぶく光る緑色の物体が目に入った。

「あれ、なんだろこれ」

打ちよせる波が、その物体を洗《あら》っている。

波が引いたタイミングで、わたしはそれを取りにいった。砂《すな》に一部がうまっている。ガラスのボトル。

「あれ？　なんか入ってる？」

わたしは、藍花にそのボトルを見せた。

ふたがしっかりしまっていて、中に水は流れこんでいない。かわりに何かカードのようなものが見える。

「開けてみようか」

別に危険《きけん》そうでもないので、わたしは開けることにした。ふたは固かったけれど、力を入れたら開いた。

細長いミニカードが出てくる。

「なんだろ。手紙？」

かわいらしい丸文字が、むらさきとピンクのペンで書かれている。


こんにちは。

わたしたちは尾川市《おがわし》に住んでいる小学4年生です。

風屋《かぜや》小学校の勝又美琴《かつまたみこと》と高野《たかの》つづみといいます。

この手紙を受け取った人はぜひ連らくをください。


メッセージの最後にメールアドレスが記されていた。

「いたずらかな」

わたしたちは首をひねった。小学生のふりした人が書いたニセの文章かもしれない。

「小室先生に相談してみたほうがいいかもね」

「本物の可能性もあるよね？」

「実は内心、本物じゃないかって思ってる」

ゴミばっかりじゃなくて、こんなメッセージも運んできてくれたなら、台風をちょっとは見直してもいいかな。

「こんにちは、さよなら」

会本隆太《あいもとりゅうた》のはなし

今日から夏休み！
おれはだれかと海へ泳ぎに行きたかった。でも、弟はかぜをひいてるし、仲のいい真《しん》は塾《じゅく》の夏期講習があるらしいし、相手が見つからない。
海にひとりで行くのもつまんないし、家にいるのもつまんないし、駅前のコンビニ、スーパー、百円ショップを回っていた。ネコって、自分のなわばりをぐるぐる回るって聞くけど、おれは前世がネコだったのかもしれない。何も買わなくてもこのあたりを歩いてると楽しいし、安心するんだ。
駅前で、さあ、どうしよっかなーと思って立っているときだった。

「あのーぅ、波島《なみしま》海岸はどう行けばいいですか」

と後ろから声をかけられた。

ん？　観光客？　そんなによそからいっぱい客が来るような海じゃないんだけどな、と思いながら、おれは声がするほうを向いた。

女子二人組だ！　海に行くって感じのカッコウではない。ポニーテールの子はＴ《ティー》シャツにハーフパンツ。もうひとり、肩《かた》まであるさらさらがみの子は、半そでシャツに長めのスカート。年は、おれと同じくらい？

「えっと、ここをまっすぐ行って、右曲がって左曲がると海洋博物館があるから、その左側に海まで行く道がある」

博物館のなかを通っても無料、といいかけて、いちおうやめておいた。小学生は無料だけど、中学生は有料だから。ふたりがどっちだかわからない。

さらさらがみの子がわらった。

「右行って左行って左行って？　よくわかんない」

「ま、案内してもいいけど」

と、軽くいってみた。

「マジ？」

さらさらがみの子がにこっとわらう。ドキッとしたのが態度に出ないように、ぶっきらぼうな感じでいった。

「ヒマだから。友達と会う約束だったんだけど、そいつ、腹《はら》こわしちゃってさ」

と、てきとうに話を作った。

ポニーテールの子は、ぺこっとおじぎをしただけでしゃべらない。

「あ、この子、人見知りなんで」

と、さらさらがみの子がいう。へえ、どっちかっていうと逆に見えるんだけどな。ポニーテールの子は元気で積極的な感じなのに、ギャップがあるんだな。

駅から海までは、歩いて十五分くらいだ。

雲が多めの日でよかった。丸い雲がいくつか空にうかんでいて、ちょうどでかめのやつが、太陽をかくしている。

このふたり、映画《えいが》のファンかアーティストのファンか、どっちかかな。

少し前に公開されたサーフィンの映画《えいが》があって、波島海岸ととなりの市の海岸がロケ地になったんだ。もっとも、十か所くらい登場する海岸の二つだから、映画《えいが》のなかで目立ってたわけじゃないけど。

もうひとつは、アーティストのＧＥＮＪＡ《ゲンジャ》さんのファンという可能性。ＧＥＮＪＡさんは、小学六年の三学期と中学校三年間だけ、波島で過ごしたらしい。このあたりを歌った曲もあって、ファンの人がときどき「聖地《せいち》」といってやってくる。

もっとも、ＧＥＮＪＡさんは三十歳《さい》くらいなので、もっとおとなのファンが多い。

おれは、ふたりをちらちら見た。映画《えいが》のグッズも、ＧＥＮＪＡさんのグッズも、バッグにつけてはいないみたいだ。

海洋博物館が見えた。

「へえ、これが海洋博物館か。どんな感じなの？　おもしろそう」

さらさらがみの子がいう。

「見てく？　小学生は無料で、中学生は二百円」

おれはさぐりを入れた。

「あ、じゃあ、無料だ。ラッキー」

さらさらがみちゃんがいって、ポニーテールちゃんがうなずく。

「来年来てたら有料だったね。でも、博物館は後にしようよ」

「そうだね、先に海」

ふたりが話していることをおれは分析《ぶんせき》した。今年無料で来年有料なら、今六年生ってことだな!?

「小六？　じゃあ同い年だ」

おれがいうと、さらさらがみちゃんはわらいだした。

「マジ？　中学生かと思った」

「おれもそっちが中学生かと思ったよ」

ポニーテールちゃんは、ひとまとめにしたかみを左手でいじりながら、ひかえめにわらう。あ、初めて笑顔《えがお》を見た。かわいい。

「小さいカニがいるね」

さらさらがみちゃんは、しゃがんで手招きしているが、アカテガニは行ってしまった。

「浜辺《はまべ》にもたくさんいるから」

おれがそういっている間に、海岸に着いた。

「ほら、ここ」

白い砂浜《すなはま》……ではないけどな。うすい茶色の砂浜《すなはま》。

「あの松林の向こうに建物あるだろ？　あれがおれらの学校」

「え！　そうなの？　もしかして波島第一小？」

さらさらがみちゃん、あわてすぎて口がもつれている。

あー、はいはい。ＧＥＮＪＡさんのファンで確定ですかね。ＧＥＮＪＡさんは、六年の三学期だけここにいたからね。あまりに短くて、卒業生の先輩《せんぱい》、という感じはしないけど。

「おれら来年は、波島中だよ」

ＧＥＮＪＡさんが卒業した学校名だから、「きゃー」と反応があるかと思っていってみたけど、さらさらがみちゃんは、

「ふーん」

といっただけだった。波打ち際《ぎわ》まで歩いて、ふりかえった。

「ねーねー、波島第一小の子なら、もしかして知ってる？　ここにボトルメッセージが流れ着いた話」

「知ってるけど」

風屋《かぜや》小学校の四年生。名前は勝又美琴《かつまたみこと》と高野《たかの》つづみ。小室《こむろ》先生が連絡《れんらく》を取ってくれて、実際にいることがわかったので、夏休みが終わったら、オンラインで対面しよう、という話が進んでいると聞いた。

「メッセージを送ったの、わたしたちなんだ」

さらさらがみちゃんがいう。おれはよくわからなくなって、ひたいをおさえた。

「えーと、だって、君ら六年生だろ？　メッセージは四年生からだった」

ふたりは顔を見合わせてわらった。さらさらがみちゃんがいう。

「わたしたちが二年前に、ボトルを海に流したの」

「え、えええ――」

さらさらがみちゃんは自分を指さした。

「わたし、勝又美琴。そしてこっちが高野つづみ」

つまり、さらさらがみちゃんが美琴で、ポニーテールちゃんがつづみ。

「ま、まじで」

「先生は知ってるはずだよ。わたしたちが今は六年生だって」

「聞いてねえよ！」

「サプライズのつもりだったのかもね。ボトルを送った子は今六年生で、砂浜《すなはま》で見つけたのも六年生。同い年だよって」

「先生、もしかして校舎にいるかも！　夏休みだけど、仕事で来てるかもだから」

「あ、待って」

つづみが、うつむきながらいう。

「あの、わたしたちが来たことは、先生にはナイショにしてもらえないかな」

「え、どうして」

「うちの学校の先生にもナイショで来たんだ。待ちきれなくて。ボトルが届《とど》いた波島海岸ってどんなとこか知りたくて」

「そうなんだ。じゃあ、今日、ふたりでこっそり尾川《おがわ》市から来たわけ？」

さらさら……じゃなくて美琴がうなずく。

「そう。この海岸、駅から歩いてこられるところでよかったー。電車代、けっこうかかっちゃったから」

「え、いくら？」

「千円ちょっと」

「マジで！」

「だって、あそこからだもん」

美琴が海の向こうを指さした。かすかに見える岸。あのあたりが尾川市なのか！

「来られてよかったし、会えてよかった。ありがとう」

つづみがにこっとする。美琴が、つづみをつっついた。

「本当はつづみって、初対面の人と絶対しゃべらないタイプなのにね」

そうなんだ。おれとはしゃべってくれたんだ!?

で……これで終わり？　もうさよなら？

「あの、念のため連絡先《れんらくさき》、交換《こうかん》しとく？」

思い切っていってみた。

つづみは美琴を見てから、うなずいた。

「うん、いいよ」

それからおれたちは、小学校の正門の前まで行って、美琴のスマホで記念写真を撮《と》って、駅までもどった。

おれは改札の前で、自分も電車に乗る口実はないかなーとずっと考えていた。何もなかったし、そもそもおれはポケットに二百円しか入れていない。

「ありがとね。じゃあね」

美琴がいって、つづみがだまって頭を下げた。

「オンラインで会えるの、楽しみにしてる」

おれがいうと、美琴がわらった。

「じゃあ、そのときは初めて会ったふりしようか」

つづみがほほえんでいう。

「画面に向かって、合図するね」

「えっ、どんな合図？」

おれは、つづみの言葉と重なる勢いで聞いてしまった。

「両手の指の背《せ》を合わせてから、はなすの。これ、手話で『おひさしぶり』っていう意味」

「へえ！」

「お母さんが手話の勉強してるから、わたしも少し知ってて」

「そうなんだ！」

会話の流れがつながらないけど、おれは脈絡《みゃくらく》なく、こう聞きたかった。

あの！　つづみ！　高校はどこへ行くつもり？

うちの県の場合、高校受験は、県内どこでも受けていいことになっている。中学はおたがい近くの学校に行かなきゃいけないから、高校生まで待つ！　そのとき同じ学校に通えないだろうか。おれ、電車に乗ってはるばる行ってもいいからさ。

改札の向こうで美琴が手をふって、それからつづみが手をふってくれた。

短すぎる初恋《はつこい》にならないように。どうか、また会えますように。心のボトルに今メッセージを入れて、君に向けて流すよ……なんて、アイドルの曲の歌詞《かし》みたいな文章が頭にうかんだ。

「ゼッタイ」

中川《なかがわ》美生《みお》のはなし

「こら、美生《みお》。じろじろ見るもんじゃありません」

横断歩道で待っているとき、お母さんがささやいてくる。わたしはそういわれて初めて、道路の向こう側に立っている人を無意識のうちに見ていたことに気づいた。

目をうばわれたのは、その人がはでな服を着ていたから。黄緑のTシャツにむらさきのロングスカート。上から黄緑のカーディガンを羽織っていて、ぼうしはむらさきだ。

黄緑とむらさき。この二つの色って合わないようでいて、きれいな気がした。意外な組み合わせの二色っておもしろいな、と思っていた。

それの何がいけないのかわからない。

「洋服の色を見ていただけだけど」

わたしがいうと、お母さんはため息をついた。

「まーた、いいわけばっかり。すぐにつまんないいいわけするの、心が貧しいよ？」

「いいわけじゃない」

「いまどき、ジェンダーレスってちゃんと意識したほうがいいよ？　男の人が女っぽい服《ふく》装《そう》していたっていいじゃない？」

それを聞いてわたしは初めて、その人が男の人だと気づいた。服しか見ていなかったのだから当然だ。

お母さんは、スカートをはいている人が男性だから、わたしはじろじろ見ていたのだと思いこんだらしい。

「だから、服を見てたんだって。黄緑とむらさきで、きれいだなって」

いうだけムダ。わかっていた。実際ムダだった。

「あの人が女性だったら、きっと美生、見もしなかったよね」

どうして決めつけるわけ？　わたしは全身をビニールぶくろでおおわれたみたいに、息が苦しくなった。

ちょうど信号が青に変わって、わたしたちは歩きだした。

お母さんっていじわる。そういいきれたら、楽なのになぁ。気がつかれないように、わたしはそっとため息をつく。

問題は、お母さんは自分の考えがいつも正義だと信じていること。娘《むすめ》に正しいことを教えてあげなくっちゃと思っている。そして、実際にそれは正しい。

今だって、「女性なのに、男性なのに、って考えちゃだめ」ということをお母さんはいいたくて、それは正しい。

ただ、わたしがそんなこと思ってなかったよ、といっても耳を貸してくれないわけ。いつもいつもいつも。

幼《おさな》なじみの寛人《ひろと》は、お母さんとケンカして丸一日、口をきかない日もあるんだって。「おれ、反抗期《はんこうき》だもん」といばってた。わたしはそんな勇気ないな。

夕方、六時から、わたしは台所のお手伝いをすることになっている。

お母さんが料理に使ったなべを洗《あら》ったり、じゃがいもの皮をむいたりする。

「お手伝いをしながら、わたしが料理する様子を見てなさいよ。わたしもね、母が料理するのを見ているうちに、自然に覚えたんだから。ほら、職人も、親方の仕事ぶりをぬすんで覚えるっていうでしょう」

わたし、職人じゃないもん。とはいえなくて、ちらちらお母さんのほうを見る。

しょうゆを入れる様子、みそを溶《と》く様子。見てるけれど、それは断片的《だんぺんてき》で、どうやって料理を作るかっていう全体はわからない。

ぬすんで見て覚えられないわたしのほうがおかしいんだろうな、と思いながら、まな板と包丁を洗《あら》う。

お兄ちゃんは食事の前にテーブルをふきんでふくだけでオッケー。それは男女で区別しているんじゃなくて、お兄ちゃんは塾《じゅく》の勉強があっていそがしいから、とお母さんは説明する。

ごはんのとき、テレビはいつもニュース番組だ。でも木曜夜に放送される「的村仁《まとむらひとし》トークSHOW《ショー》」というのは、見てもいいことになっている。お父さんがすきだから。

お笑い芸人の的村さんが、話題の人たちをゲストに呼《よ》んでトークする番組。的村さんは大御所《おおごしょ》で六十歳《さい》。学校ではもっと若《わか》い芸人さんが人気あるので、この番組を見ている仲間はあんまりいない。

そういえば今日は木曜だった。

「スポーツ選手特集か」

お父さんがいうとおり、この日の「的村仁《まとむらひとし》トークSHOW《ショー》」はプロ野球、サッカー、バスケ、陸上の元選手たちがゲストに呼《よ》ばれていた。

「あら、やだ。この人」

お母さんが画面を指さして続ける。

「プロ野球の、あのかわいかった好青年よね？」

「そうそう。あの木村《きむら》だよ」

お父さんがわらいをこらえる。

「ずいぶん変わっただろ」

「え、このおじさんが、昔はかわいかったの？」

わたしは話題にくわわった。

おじさんが「かわいい」から程遠い見た目だったから。がっちりと灰色《はいいろ》のスーツを着て、ぴかぴかの革《かわ》ぐつをはいて、ネクタイをしめて、スポーツ選手というよりはお父さんの会社にいそうな人に見えた。

「そうなんだよ。二十年くらい前だったか？　木村が高卒で入団したときは、ほっぺが赤くて、かわいらしくってさ」

「それがもう」

お母さんは、ぷぷぷとわらいながら続けた。

「今はもう、すっかりハゲ散らかして」

「ハゲかかってるけど、ハゲ散らかしてはないだろ」

お父さんがわらいながらいう。

「じゅうぶん、散らかしてるよ。わたし、現役《げんえき》選手のときはそこそこ応援《おうえん》してたから、ショックだわぁ、こんなになっちゃって」

わたしは、お母さんがわらうのをじっと見ていた。

そして、思った。

お母さんは、ジェンダーについて、自分は正しくて進んだ考え方を持ってます、っていうことをよくいっている。

だったら、人の見た目も同じじゃないの？

自分がすきじゃない見た目の人がいたときに、からかったり偏見《へんけん》をもったりしていいの？

ちょうど的村さんが、木村さんのかみの毛のことをしゃべっている。

「ますます、デコにみがきがかかって――あ、デコじゃない、頭頂部《とうちょうぶ》」

木村さんが苦わらいをうかべて、

「デコでいいでしょ」

とつっこんで、スタジオにわらいが起き、お母さんも大わらいしている。

「変じゃない？」

わたしは聞いてみた。

「なんでみんな、かみがうすい人のことはからかっていいって思ってるの？」

「そこはユーモアを解さなきゃだめよ。木村さんは、いじってもらって、自分の出番が増えて、おいしいわけだし。だれも傷《きず》つかないわらいなの！」

最後はまた決めつけるお母さん。

でも、その言葉の強さは、もうわたしにはひびかなかった。

お母さんはいつも正しいわけじゃないんだ。いばっていうときでも、中身がまちがっていることもある。

わたしは、木村さんをわらうのはおかしいと思う。お母さんは鈍感《どんかん》なんだ。

お母さんが立ち上がって、お茶のおかわりをいれに行った。

今までは自分よりもずっと大きい人だと思っていた、お母さん。よく見ると、そんなに背《せ》は高くない。一五二センチのわたしより五センチ高いだけ。

反抗期《はんこうき》じゃない。そうではなくて、ただ、気づいたんだ。親はゼッタイとは限らないんだね。

信じ切っていた子ども時代のわたしとは、もうお別れだ。

「おかえり」

清水乃亜《しみずのあ》のはなし

ねえねえ、チョウってすき？

わたしはチョウすき！（ダジャレだよ）というほどじゃないんだけど、けっこうくわしくなったよ。

一本松《いっぽんまつ》くんの活動に巻《ま》きこまれたせい（おかげ）。

五月の放課後のこと。

一本松くんが、学校の正面げんかんの外の花だんについて話したんだ。今しか見られないチョウが来てるって。

へー、そうなんだ、といい合いながら、教室に残っていたみんなで見にいったよ。水色に茶色の線が入った、きれいなチョウ。アサギマダラという名前。

そのチョウを秋にも呼《よ》ぼうよ！　と一本松くんがいいだして、「旅するチョウプロジェクト」が始まって、わたしもメンバーに入った。

チョウを呼《よ》ぶには空いている花だんが必要で、わたし、ちょうどいい場所を知ってたから。

それは、学校のとなりにある、海洋博物館の入口の花だん。

三月までは、海洋博物館の花だんには、パンジーが植えられていたの。むらさきと黄色と白の花。でも、四月にそれがかれちゃって、いつの間にかすがたを消して。

去年までなら、新しく春の花が植えられるんだけど、花だんは空っぽのままだったの（後で聞いたところによると、予算さくげんのせいで、花の苗《なえ》を買うの、やめることにしたんだって）。

わたしはけっこう花がすきだから、学校の行き帰りに博物館の前を通るたびに、空っぽの花だんが気になってたんだよね。

だから、一本松くんに「いい花だんがあるよ」と教えたわけ。

一本松くんは喜んだ。こんなに喜んだ人を見るのひさしぶりだー、っていうくらいに喜んでた。四十センチくらいジャンプしてたもん。

一本松くんはいった。

「学校のなかにも空いている花だんはあるけど、そこを使いたくないんだ。来年は、学校にだれもいな――」

「最後までいわなくていいよー」

わたしは止めた。口に出すとますますさびしくなるからね。

いいたいこと、わかってるよ。一本松くん。

せっかくプロジェクトを始めて下級生を誘《さそ》っても、来年、校舎が立ち入り禁止になる。

だから学校のなかの花だんだと、花がちゃんとさいたか、チョウがちゃんと来たか、確かめることができなくなっちゃう。

海洋博物館の入口なら、来年も再来年も来られる。だから一本松くんも大喜び、ってことだよね。


六月、海洋博物館に許可をもらって、花だんにフジバカマを植えることになったんだ。

フジバカマって、秋の七草のひとつで有名な花なの。アサギマダラはこれがすきなんだって。

ただ、苗《なえ》を植える時期を過ぎてしまってたんだよね。四月までがいいそうだよ。

じゃあ、雑木林にはえているのを運んでくるっていう手もあるよね、と話をしていたら、小室《こむろ》先生が「寄付します」といってくれた。

家にアサギマダラを呼《よ》ぼうとして、二月にフジバカマの苗《なえ》を植えて、植木鉢《ばち》がなんと七つもあるんだって。先生、ひとつくらいは家に置いといたらいいのに、全部持って来てくれた。

花だんに植えかえる作業、がんばったよ。それから水やりも。地下茎《けい》がのびたら、もう放っておいても元気にさくだろう、って先生もいってたけど、もし枯《か》れちゃったらがっかりだからね。

花ずきのわたしにとっては、水をあげたり、雑草が生えてないかチェックしたりするのは、ぜんぜんつらい作業じゃない。

だから、がんばった。

虫がすきな五年生と四年生も手伝ってくれた。

そして、今にいたる。

フジバカマはきちんとさいた。むらさき色の小ぶりの花が、葉っぱの上でゆれてる。

だけど、アサギマダラが来ない。

おい、チョウ、どこにいるんだよー。フジバカマはいつまでもさいてないぞ？　十一月の下旬《げじゅん》になったらきっとかれちゃうぞ。あと一か月もないぞ？

今日は、風が陸から海に向かって吹《ふ》いてるので、もしかして海に落ちてるんじゃないかな〜って、博物館の庭を通って浜辺《はまべ》まで見にいった。

すっかりアサギマダラ博士になった一本松くんがいうには、アサギマダラって、海の上を飛んで、つかれると波の上で休むことがあるんだって。

すごいね！

わたしは泳ぎが苦手なので、アサギマダラに負けた感じ（チックチョウ〜）。

日本にはアサギマダラがたくさん来る場所、たとえば大分の姫島《ひめしま》のようなところがいくつかある。でも、このあたりにはそういう名所はないから、ここを通るアサギマダラが少ないのかもね。だれもフジバカマに気づかないで、冬が来ちゃうのかもしれない。

わたしと一本松くんが花だんをぼうっと見ていると、渡良瀬《わたらせ》くんと五年生がじゃまをしにきた。あっちは「アカテガニ研究プロジェクト」をやっている。

「チョウが来ないんなら、カニの研究、いっしょにやらねえ？」

そう誘《さそ》われて、うっかり「うん」といいそうになって、一本松くんににらまれて、言葉をにごしたわ（チョウ気まずい）。

「じゃ、そろそろ帰るねー」

わたしは地面に置いていたリュックを持ち上げた。そのときだった。

「あ！」

一本松くんの声とわたしの声がそろった。

ひらひらひら、と飛んでいるチョウに見覚えがある。

「アサギマダラーッ」

チョウは、フジバカマにとまった。そして動かずに休んでいる。

わたしたちは、おどかさないように気をつけながら近づいて、のぞきこんだ。羽にはマーキングはなかった。でも、傷《きず》がついていた。羽のはしっこが三か所、欠けている。

「ねえ、春に見たチョウのほうがきれいだね」

わたしがいうと、一本松博士は教えてくれた。

「春より秋のアサギマダラのほうが大変なんだ」

「なんで？」

「春は、偏西風《へんせいふう》っていう風に乗って、南西から北東へかんたんに行けるから。でも、秋は、風にさからって飛ばなきゃいけない」

「あ、そうなんだ」

「春に三日で行けるきょりも、秋なら十日かかったり」

「えー」

人間だったら電車に乗ったり、車で行ったりできる。でも、チョウは、ほんとにほんとに小さくて、しかも軽いのに、自分の体ひとつで飛び続けなくてはいけないんだ。

ゆっくり休めばいいのに、アサギマダラは先を急いでいるみたい。

ふわっと飛び上がった。

「え、行っちゃうの」

わたしがいうと、一本松くんは手をふった。

「来年もまた来てくれよな」

「このチョウ、そんなに長生きするの？」

「いや、死んじゃうけど……でも子孫が来てくれたらいいなと思って」

「そうか。そうだよね」

中学は、ここからだと歩いて三十分くらいのきょりがある。正直遠い。でも、毎週、この花だんのフジバカマを手入れしに来ようと思う。

わたしたちが「旅するチョウプロジェクト」を続けるかぎり、チョウとの出会いも続くはずだもんね。

「ハッピー・ホリデーズ」　ソフィア・グリーンのはなし

日本語は　話すほうが　とくいです。かくのは　むずかしい。でも　ひらがなと　カタカナと　少しのかん字は　かけるようになりました。

七月に　日本に来ました。お父さんの　仕事の　つごうで　三か月ずつで　ひっこします。前は　にぎやかなまちの学校でした。ここは二ばんめです。

なみしまだいいち小学校は　海が近くて　かぜが　きもちいいです。来年は　なくなってしまうそうです。今年来られてよかった。

六年三組は　たのしいクラスです。カニが　ろうかを　歩きまわっていて　おどろきました。今は十一月なので　もうすぐ　とうみんするそうです。

みんな　日本語がうまいねと　ほめてくれます。アメリカにいたとき　日本がだいすきで　アニメを見たり　おわらいの　どうがを見たりして　ことばを　おぼえました。

十月に　このまちに　ひっこしてきて　お店が　ハロウィンの　かざりで　いっぱいで　びっくりしました。日本でも　ハロウィン　するんですね。ハロウィンの夜　アメリカでは　子どもが　歩き回ります。日本では　おとなも　かそうして　たのしそう。みんな　おまつりが　すきなんだなと　思いました。

十一月の　ある日、がっきゅう会が　ありました。らいげつは、クリスマス会という　なまえの　おんがく会を　五年生と六年生で　やるそうです。

わたしは　びっくりしました。日本は　キリスト教の　人が　少ないから　クリスマスも　いわわないと　思っていたのでした。

やっぱり　冬も　おまつりが　あるんですね。
りゅうたさんが　いいました。
「ソフィアさんに　クリスマスツリーの　かざりかたとか　いろいろ　きこうよ。アメリカから　来たから　ほんものの　クリスマスの　ことを　知ってるだろうから」
わたしは　へんじに　こまって　しばらくだまっていました。
すると、こむろ先生が
「どうですか、グリーンさん」
と　きいてきました。
思いきって　立ち上がりました。わたしは前から　5れつめなので　みんながふりかえります。わたしはこたえました。
「わたしの　家は　クリスマスの　おいわいを　しないんです」
きょうしつの　なかが　ざわざわしました。みんなの　目が　大きくなりました。
「アメリカにも　いろんな　家があります。イスラム教の人も　仏教の人も　います。わ

たしの　うちは　この　宗教《しゅうきょう》を　しんじるというのがない　家なんです。お父さんは　宗《しゅう》教《きょう》を　けんきゅうしています。そのために　日本に　来ました。日本の　おはかを　けんきゅうしています」
　みんなが　かおを　見合わせています。
「おはか？」
　だれかが　そうきいて　別の　だれかが
「このあたり　むかしの『前方後円墳《ぜんぽうこうえんふん》』とかあるからじゃない？」
と答えます。
　おはかの　はなしを　もっとしてもいいけど　クリスマスのことも　こたえなきゃいけませんね。
　ざわめくのが　おさまってから　わたしは　いいました。
「クリスマスになると　みんな『メリークリスマス』って　いいますか？」
　みんなが　うなずきました。

「でも　アメリカでは　多くの人が　メリークリスマスって　いわなくなってます」

「え？　マジ？」

そう　いったのは　ゆうとさん。

「じゃあ　なんていうの？」

のあさんが　きいてきました。

わたしは　こたえました。

「『ハッピー・ホリデーズ』といいます」

「ハッピー。しあわせってこと？」

ナズナさんが　いいました。

「はい　『たのしい　休日を！』『すてきな　休日を！』という　いみです。キリスト教の
しんじゃではない人でも　つかえる　ことばなんです」

「ハッピー・ホリデーズ」

「ハッピー・ホリデーズ」

クラスの人たちが　いいあっています。
「では　クリスマス会も　ソフィアさんは　あまり　さんか　したくない？」
りゅうたさんが　ききました。
わたしは　そんなことないと　こたえました。
「いろんな　おまつりをやって　たのしむ　日本の　人が　とてもおもしろいです。クリスマス会を　やるなら　わたしも　さんかしたいです」
「じゃあ　クリスマス会はやるけど　あいさつは『ハッピー・ホリデーズ』に　しようぜ！」
りゅうたさんが　いいました。
とってもいいね！　と思いました。

次の週の　金よう日に　えんそくが　ありました。バスで　山の　入口にいって　ハイキングコースを　歩きました。
みんなが　木を　見上げていいました。

「わあ　きれい」
木の　はっぱが　赤や　黄色に　そまっていました。
わたしは　アメリカの　カリフォルニアというところに　すんでいました。カリフォルニアでも　木は　赤や黄色になります。きれいだなぁと　思います。でも　それは　あたりまえのことなので　わざわざ見に行くことは　ありませんでした。
前を　歩いていた　かわかみかおさんが　はっぱを　一枚《まい》　ひろいました。
そして　リュックのなかから　ノートを取り出して　そこに　はさみました。
「何　やってるの？」
わたしが　きくと　かおさんは　教えてくれました。
「これ　モミジのはっぱ。きれいだから、家に　もってかえって　本のしおりに　しようと　思って」
一枚《まい》の　はっぱが　たいせつで　そっとしまうなんて　すてきです。
わたしは　はんせいしました。日本人は　おまつりずきの　にぎやかな人たち　と　決

めつけて　しまっていました。ハロウィンもクリスマスも　すきだから。
でも　日本人には　いろいろな　ぶぶんがあるんですよね。とてもしずかな　ぶぶんも。
アメリカ人だから　クリスマスをいわう　と　みんなに　決められて　じぶんもこまったのに　同じことを　してしまったなと　はんせいしたのでした。
来年の一月に　なったら　わたしは　お父さんの　けんきゅうの　つごうで　別の　ところに　ひっこします。この　学校の　人たちとは　さようならします。
でも　それまでに　このクラスの人と　もっと　なかよくなりたいなと　思いました。
とくに　はっぱ一枚《まい》を　たいせつに　もってかえる　かおさんと。

「変える！」石田隼人《いしだはやと》のはなし

「今日の晩《ばん》メシは、ディオさんに招待されたから、インドネシア料理な」

父ちゃんがそういってきたので、おれは、

「マジか！」

と、さけんでしまった。

ディオさんとうちは「敵《てき》」どうし。クラスでそんなふうにあおられてたから、すっかりその気になってたのにな。

なんで「敵《てき》」なのかっていうと、うちがとんかつ屋だからだ。ディオさんはイスラム教徒で、その宗教《しゅうきょう》のきまりで豚肉《ぶたにく》が食べられない。

二つの店が、商店街の通りをはさんで向かい側にあるから、クラスのみんなはおもしろがっている。

うちはおじいちゃんの代からある古い店で、ディオさんのところは、二か月前にオープンしたんだ。すごくおいしいっていううわさ。

だけど、一度も行かなかった。クラスのみんなにおもしろがられてるから、ってだけじゃなくて、豚肉《ぶたにく》をあつかう店の人間には、出入りしてほしくないだろうなあ、と思って。

「きらわれてるって信じてたー」

おれが何気なくいうと、父ちゃんが、うむ、とうなずいたからびっくりした。

「え、父ちゃんもそう思ってた？」

「きらわれてるわけじゃないし、きらってるわけじゃないけど、どうもめんどうだなとは思ってたよ」

「何が？」

「十月にハロウィンのかざりつけ、商店街でやったろ？　そのとき、ディオさんが、なんでハロウィンをやるんですか？　やらなくてもいいのでは？　っていいだして」

「あー、そういう人か」

たしかにそれはめんどくさいよな、と思った。

父ちゃんは、商店街の運営委員という仕事をやってる。どうやったら商店街を盛《も》り上げられるか考えるんだ。

「うちの商店街でハロウィンを始めたのはもう三十年前からなんだよ。お客さんも、毎年恒例《こうれい》だと思ってるだろうしさ」

「うん」

おれは返事をしながら、学校でのできごとを思い出していた。ソフィアというアメリカから来た転校生が、クリスマスのシーズンは『ハッピー・ホリデーズ』といいあうほうが今っぽいんだっていいだした。毎年、クリスマス会はクリスマスソングを合唱か合奏《がっそう》することになってたのに、今年、うちのクラスは校歌を合奏《がっそう》することになったんだ。なんで？　って実は心のなかで思ってた。だから父ちゃんの気持ち、わかるんだ。

日が暮《く》れてから、父ちゃんを先頭にして、おれと母ちゃんと弟の港人《みなと》の四人で、ディオさんの店へ行った。うちは毎週木曜日が定休で、今日は木曜なんだ。

いざ、敵陣《てきじん》へ。気は重いけどさ、楽しみな部分もある。みんながおいしい、っていってたのを確かめられるわけだから。

入口には、「PANTAI《パンタイ》 CAFE《カフェ》」という看板《かんばん》が出ていて、とびらを開けると、波《なみ》島《しま》海岸の写真の入ったフレームがいくつかかざられていて、ランプがたなの上にともされていた。天井《てんじょう》のライトは少ない。ちょっと暗すぎるけど、でも落ち着ける。

ディオさんは、アロハシャツみたいなのを着ていた（後で聞いたらバティックシャツというらしい）。

注文するのかと思ったら、おまかせで料理が出てくるんだって。まったく口に合わなかったらこまるなぁ。ドキドキしていた。

まずはサラダが出てきた。あれ？　うまい！　ピーナッツのペーストをまぜると、全体が香《こう》ばしくなるんだ。

それから鶏《とり》の肉団子の入ったスープ。そして、焼き鳥。サティーっていうんだって。これがばつぐんだった。

「う、うまーっ」

甘味《あまみ》があって（後でココナッツ味なんだって聞いた）食べ終わったしゅんかんにもう一本食べたいって思うんだ。

こんな料理を作れるディオさん、すごい。

ほかにもお客さんが二組来て、ディオさんはいそがしそうだった。店員さんはあとふたりいて、料理を次々と運んできた。

港人がゆっくり食べるので、おれたちが全部食べ終わったときには、ほかのお客さんたちはもう帰っていた。

ディオさんが出てきて、

「どうでしたか？」

と聞いたので、おれは、

「サティー！　サティーがあと何本でも食べられます」

って興奮《こうふん》していっちゃった。ディオさんはうれしそうにわらってた。

「また食べに来て。次は招待じゃないからね、ふふ」

父ちゃんはせきばらいをした。

「いや、今日だって、招待してもらういわれはないですから」

そういいながら、ポケットから財布を出している。ディオさんはそれをおしとどめるしぐさをした。

「こないだ、うちの店先のトユから雨水がボタボタ落ちたとき、直してくれたでしょう？

あれ、ほんとに助かりました」

「え、ああ、あのときのお礼ってこと？」

「はい！　だれを呼《よ》んだらいいかわからなくて、こまってたので、ありがたかったです」

「いやー、あんなのどうってことなかったのに」

おれが学校に行っている間に、父ちゃんがはしごを出して、直すのを手伝ったらしい。

「もう一つ、相談したいこと、ありまして」

急に新しい声が割《わ》りこんだ。厨房《ちゅうぼう》から出てきた店員さんだ。かみの毛を後ろでまとめてお団子にしているので、おでこが広く見える。

「わたし、ディオの妻なんです。美和《みわ》といいます。あ、わたしは日本人」

へえ、国際結婚《けっこん》なんだ、と思ったけど、それよりも前の言葉が気になった。

「相談したいことって？」

美和さんが、ディオさんをちらっと見る。ディオさんはいいづらいのか、だまって、空いたお皿を下げようとしている。

かわりに美和さんがいった。

「もうすぐ商店街でクリスマスのイルミネーションをやるでしょう？　うちの店は気が進まなくて。でも、ハロウィンのときに、ごめいわくかけたから、また同じことを話すの、いいづらいそうでね」

お皿を下げたディオさんが、お茶の入ったグラスを持ってきた。おれたちに配りながらいう。

「ムスリムはクリスマスを祝わないんです」

「あ、ムスリムってイスラム教信者のこと」

と、美和さんがつけ足した。

「うーん」

父ちゃんが目に手を当てながら、顔を天井《てんじょう》に向ける。いやだな、めんどうだなって思っているのが伝わってくる。

気持ちはわかるよ。毎年、十二月になると、商店街には赤と緑のイルミネーションがかざられて、「メリークリスマス」っていうタペストリーがどの店にもはられて、クリスマスツリーを出す店もあって……そういう雰囲気《ふんいき》、大すきだったから。変わっちゃうのはいやだなって、思う。

でも……変わるのって悪いことばかりじゃない気がしてきたんだ。

だってほら、めちゃくちゃうまいサティーを食べられるのは、ディオさんが、ほかの街じゃなくほかの商店街じゃなく、ここに店を開いてくれたおかげだし。それってうれしい変化だし。

「父ちゃん、うちのクラスのソフィアっていう女子がいってたんだけど」

「ん？」

「アメリカでは最近、クリスマスの時期に『ハッピー・ホリデーズ』っていうんだって。クリスマスを祝わない人でも、それならいえるからって」

「ハッピー・ホリデーズ……ハッピー・ホリデーズ……」

父ちゃんが口のなかでもごもごとつぶやいている。

「『メリークリスマス』と『ハッピー・ホリデーズ』、すきなほうを選べるようにしたらいいんじゃないかな？」

おれは、ディオさんのほうを見ながらいった。ディオさんの顔に、ふわっとえみがうかんだ。

「もしそうなったら、ほんとありがたい」

「そうか！　どっちでも選べるならいいな」

父ちゃんは母ちゃんとうなずきあって、それからおれにハイタッチを求めてきた。

「こいつ、子どもだと思ってたら、いつの間にか親に指図をするようになって」

そういいながらわらっている。

「ディオさん、商店街の運営委員会の会議、時間があったら、ちょろっと顔を出してくれませんかね。いっしょに話しましょう」

「はい！」

おれはこのこと、ソフィアに伝えたいな、と思った。

「これが最後」

新庄翔《しんじょうしょう》のはなし

洗面所《せんめんじょ》で手を洗《あら》って、リビングにあるピアノの前にすわった。カレンダーをちらっと見た。あと一か月半だ。十二月末で、おれはピアノから解放されるんだ。二度と練習しなくてよくなるんだよ。

楽譜《がくふ》を出して、台の上に置いて、鍵盤《けんばん》に指を乗せた。

ひきはじめたのは『アラベスク』だ。

実はピアノを習いはじめるときに、お母さんに約束させられたんだ。ブルクミュラーという人の練習曲に入っている『アラベスク』をひけるようになるまではピアノをやめない、って。

それは三年生の三学期だった。

なんでピアノを習いはじめたかっていうと……。姉ちゃんに対抗《たいこう》したかったから。ちょうどそのころ、姉ちゃんがギターを習いだしたんだけど、「あー、ピアノをやっときゃ、もっと上達が早かったかも」なんていうんだ。じゃあ、おれは今からピアノやる！　と思って、習いはじめたんだった。

そして一年後、早くもおれは後悔《こうかい》していた。あきちゃったんだよね。しかも、姉ちゃんもギターをやめちまったっていう！

お母さんとの約束がなかったら、その時点でやめてたのに……『アラベスク』までたどりつかなきゃいけなかった。うちのピアノ教室は『バイエル』という練習曲集を終わらせてからじゃないと、ブルクミュラーがやれないから、長い道のりなんだよ。

学校から帰ってきたら、毎日必ず二十分、ピアノを練習するっていうのがきまり。この二十分があれば、マンガをもっと読めるし、パソコンでゲームできるし、と何度思っただろう。

それもうカウントダウンだよ。おれは自由と時間を手に入れるんだ！

思いがけないことをいわれたのは、十一月最後の音楽の授業が終わったときだった。音楽室から教室にもどらなきゃいけないので、おれはリコーダーをふくろに入れて立ち上がった。すると、音楽の佐賀《さが》先生が、声をかけてきたんだ。

「ねえ、新庄くん、ピアノがじょうずよね。こないだお昼休みにここのピアノひいてたでしょ」

あっ、あのときか。そうじをサボりたくて、ちょっとピアノをひいてたんだ。女子に、「え、ひけるんだ！」なんておどろかれて、おかげでうまくサボれた。でも、じょうず、ってほどじゃないと思うなぁ。

「え？　あ、まあ」

「来月、クリスマス会があるでしょ？　みんなが退場《たいじょう》するときに、ピアノをひいてくれる子をさがしてるの。よかったらやってくれない？」

「え！　壇上《だんじょう》で？」

「そう、壇上《だんじょう》のピアノで」

「やー、それはヤバいっす。やめたほうがいい」

「あら、なぜ？」

「何ひいていいかわかんないし」

「なんでもいいよ。今おけいこしてる曲とかないの？」

「ブルクミュラーの『アラベスク』って曲で」

「あら、アラベスク、すてきね！　いいと思うわよ。ほかのすきな曲をひいてもいいし」

「え、マジすか！」

「クリスマスソングでもなんでも。オッケー？」

「えーと、うーんと……オッケー……かも」

最後の「かも」は聞いてなかったみたいで、先生は、

「あらよかった。じゃあ、プログラムに名前を入れるからね」

と、おそろしいことをいって、去っていった。

五年生や六年生だけじゃなくて、保護者も来るんじゃなかったっけ。ヤバい。かなりヤバい。お母さん、見に来るっていってたから、ドヘタな演奏《えんそう》したらあきれられる。

と、最初はあせったけど……よく考えたら、そんなにバタバタしなくてもいいよな!?と気づいた。

だって、もしお母さんがあきれたって、だれかにわらわれたって、クリスマス会から十日後にはおれ、ピアノをやめるんだし。そうだ、気楽に行こうぜ。

そうと決めたら、何をひくかだ。ふつうに考えると『アラベスク』だけど……ピアノの発表会じゃないんだから、おれがやりたい曲を選んでもいいんだよな。

やりたい曲……?

おれは、インターネットで見ているアニメの曲を指でぽろぽろんとひいてみた。

あれ、右手の指一本なら意外とかんたんにひける。音を頭で覚えてるんだな。

それに左手で伴奏《ばんそう》を……三本の指で和音を作ってみる。むずかしいけど……なんだかおもしろくなってきた！

クリスマス会当日。外は雨が降《ふ》っていて、夜には雪になるかもしれない。でも体育館のなかはあったかい。

会はなかなか盛《も》り上がった。

まずは、五年一組から順に一曲ずつ練習してきたものを披露《ひろう》する。クリスマスの曲の合唱が多かった。

最後の六年三組は、校歌をリコーダーで合奏《がっそう》した。

この曲をみんなで演奏《えんそう》できるのは、あとわずかだから。ほかの組のやつらや保護者の人たちが、何人か口ずさんでいた。

選曲、よかったな！　とおれたちは自画自賛した。

その後、ゲストのプロの音楽家が登場した。今年はバンドネオンという楽器をやっている男の人。名前は松菱《まつびし》さん。

アコーディオンに形も音色も似ているけれど、鍵盤《けんばん》ではなくて無数のボタンをおして音を出すところがちがう。そのボタンの配列がむずかしくて「悪魔《あくま》の楽器」と呼《よ》ばれているんだって。

でも、音色はきれいで、ちょっぴりさびしくせつない感じ。なつかしい気持ちになってきて、目を閉《と》じた。保育園で夕日がしずんで、みんなが帰って行って、自分がようやく積み木をひとりじめできて、うれしかったときのことを、なぜだか思い出してしまった。

いや、そんなことを思い出してる場合ではないよ、おれ！

クリスマス会が全部終わって、校長先生があいさつを始めると、佐賀先生がおれに合図を送ってきた。

みんなすわっているのに、おれだけが立って前へ行く。視線《しせん》を浴びながら、わきの階段《かいだん》を上ってステージのピアノのいすに着席した。

「それでは、五年生から退場《たいじょう》」

佐賀先生が声をかけたのを聞いて、おれはピアノをひきはじめた。

ざわざわ、とみんながざわめく。小さいわらい声も起きた。

「ほら、あのアニメの曲だよ」

「あはは、翔くんてば何ひいてるの」

「うまいね」

そんな声が聞こえてきた。みんなはおもしろがってくれてるけど、先生たちはおこるかな。

ステージの幕《まく》のかげから、すっと人が現れたので、佐賀先生かなと思った。おこられたら、すぐ『アラベスク』をひくつもりだったんだ。

ところが現れたのは、先生ではなく、松菱さんだった。

いったん退場《たいじょう》したのに、またバンドネオンを持ってもどってきた。そして、おれにうなずきかける。

なんのうなずきだろう?

そう思っていたら、松菱さんは、おれの演奏《えんそう》に合わせて、バンドネオンをひきはじめた。

この曲を知っているみたいだ。おれと同じ音ではなくて、おれの伴奏《ばんそう》になるような音を出してくれている。

あれ、曲が急にせつなく聞こえてきた。

「うわー、おもしろい」

小さい声でつぶやいたら、松菱さんに聞こえたみたいで、ニッとわらってくれた。

おれはこの一曲しか用意してこなかったから、終わるとまたこの曲の出だしにもどる。

すると、もどるたびに、松菱さんはアレンジを変えるんだ。

そうすると、陽気に聞こえたり静かに聞こえたり、同じ曲が変化するんだ。

音楽にハマりそう！　こんな感覚は初めてだ。

六年三組の最後、一本松悠斗《いっぽんまつゆうと》がこっちを見て手をたたきながら体育館を出ていった。

おれは松菱さんとアイコンタクトで、調子を合わせながら、演奏《えんそう》を終えた。

保護者の方たちと先生がはくしゅをしてくれた。

「君、やるね！」

松菱さんがバンドネオンをゆかに置いて、おれのところに歩いてきた。

「や、ありがとうございます。一曲だけなのに、たくさん曲をやった感じに聞こえて」

「ふつう、アドリブがくわわると、音に引っ張られて、リズムがずれたりするけど、君はまったくそういうことがなかったから。すごく音楽のセンスあるよ」

「え？」

ピアノをいやいややっていたおれがですか？

「またいつか、こういうセッションやろうよ」

「え、あ、はい！」

今月末でピアノとはおさらばするんです、といいたくなかった。いや、やめたくなくなっていた。

これからもピアノを続けたい、っていったら、お母さん、あきれるかな。喜んでくれるかな。

帰ったらたのんでみよう。

「カンタンアイテラス」

川上《かわかみ》香央《かお》のはなし

転校生のソフィアとは、仲良くなるつもりはなかったんです。

たった三か月でまた転校してしまうそうだから。

せっかく友達になっても、年が明けたらいなくなっちゃう。それってつらすぎないですか？

だったら、最初から近づかないのがいちばんだと思ったんです。

でもそういうふうに意識しているせいか、ソフィアはよく目に入ってきました。あ、わらってるな。あ、そんな日本語も知ってるんだ。

ただ、席が遠いのもあって、話す機会はありませんでした。

初めてしゃべったのは、十一月の遠足のときでした。紅葉《こうよう》がきれいな山に行ったので、わたしは、地面に落ちていた、真っ赤なモミジの葉っぱを持って帰ろうとしました。それがソフィアはふしぎだったみたいです。

「何やってるの？」

と、聞かれました。

「え……本のしおりにしようと思って」

何気なくやったことだけど、アメリカの人には変に見えるのかな。

次の日のことでした。

わたしは学校から帰るとちゅうで、空き地に生えている大きな木が気になって、近よりました。

あ、やっぱりあった。

わたし、クラスのみんなにはナイショにしているけど、いろんな苔《こけ》を見るのがすきなんです。

おじいちゃんが「苔《こけ》テラリウム」というものを作るのがしゅみだから、影響《えいきょう》を受けてしまいました。

「苔《こけ》テラリウム」ってガラスの瓶《びん》に土を入れて、そこに苔《こけ》をいくつか植えて育てるものです。

おじいちゃんから説明を聞いているうち、わたしも少しずつ苔《こけ》にくわしくなってきちゃいました。それで苔《こけ》を見かけると、種類はなんだろうと調べたくなっちゃうんです。

これ、見たことない苔《こけ》だなぁ、と思って、バッグからカメラを取り出しました。こういうときのために、小さいカメラを通学バッグの底にこっそり入れています。

苔《こけ》は小さいので、拡大《かくだい》モードで撮《と》らなくちゃいけません。レンズの焦点《しょうてん》をいっしょうけんめい合わせているときでした。

「何してるの？」

声をかけられてハッとふりかえったら、ソフィアがいます。

「あ、えっと」

わたしは口ごもりました。

というのも、カメラを学校に持っていくのは校則違反《いはん》ですから。

ここは、ちゃんと話してわかってもらおう、と決めました。

「あのね、苔《こけ》を見ていたの」

「コケ？」

その言葉を、ソフィアは知らないようでした。アメリカには、苔《こけ》ってないのかな。

ソフィアが自分のバッグから電子辞書を取り出して、電源《でんげん》を入れてくれたので、わたしは受け取って、和英辞典を開きました。

「苔《こけ》」を調べてみたら「MOSS《モス》」と出ました。それを見せると、ソフィアが目を見開きました。

「MOSS《モス》を調べてるの？　わたしはまったく知らない世界。これはなんという名前？」

そういわれて、ホッとしました。

バカにされるんじゃないかな、と心配だったから。

カニがすき、ネコがすき、とはちがって、苔《こけ》がすきって、どうも年を取った人のしゅみという気がしてしまいます。

「これはたぶん、ハリガネゴケ」

「ハリガネゴケ」

ソフィアはとても言いづらそうです。でも、何度かくりかえして覚えようとしています。

「わたしね、苔《こけ》をたくさん見たいと思ってるの。二十種類くらい、見分けられるようになったらいいなあ」

「苔《こけ》って日本に何種類？」

「千八百種類くらいかな？　世界では二万種類近くだって」

「ワォ！　そのうちたった一つも知らないわたしってダメですね」

「一つ知ってるよね？　ハリガネゴケを覚えたから」

わたしがいうと、ソフィアは、

「ワァーオ！」

といって、わらいだしました。聞いているわたしもつられてわらってしまいます。

「カオさんは、モミジの葉っぱ、苔《こけ》、いろんな自然のものがすきね？」

「ああ、そうかも」

「わたしも日本の自然をもっと知りたいな」

ソフィアは会話の流れでなんとなくそういったんだと思っていましたが、ちがいました。

次の日、ソフィアは新しいノートを学校に持ってきていました。

表紙には『にほんのいきもの』と書かれていました。ハリガネゴケの絵が、最初のページにかかれていて、わたしはびっくり。

「ソフィア、写真を見ないでよくかけたね」

「絵は得意です」

小鼻がぴくぴくっと動きます。うれしいみたいです。

それ以来、わたしたちは休みの日によく会いました。海辺でいきものをさがすこともあれば、少し歩いて丘《おか》のほうへ鳥を見に行くこともあります。学校でも、昼休みにグラウンドのすみで雑草をチェックしました。

一つのいきものにノートを一ページ使っていたら、あっという間に一冊《さつ》終わってしまって、次のノートからは一ページにふたつのいきものをかくことにしたそうです。

一月一日。わたしとソフィアは、駅前で待ち合わせしました。あと、翔《しょう》と唯《ゆい》も来て、四人で初詣《はつもうで》に行ったんです。

金波神社《きんなみじんじゃ》は、地元ではいちばん有名で、初詣《はつもうで》のお客さんがたくさん来ていました。たこ焼きや牛タン焼きの屋台が出ているので、ソフィアがくんくんにおいをかいでいて、わらっちゃいました。

境内《けいだい》には大きな岩がまつられているのですが、ソフィアは立ち止まってじっと見ていました。

「モミジの葉っぱ、拾うのと、苔《こけ》、見るのと、岩、特別に囲いをして大事にするのと、みんなつながっている気がする。日本に来て、こういうことを知るチャンスあってよかったなと思う」

わたしはどう答えていいかわからなくて、

「ソフィア、ますます日本語じょうずになったね」

といいました。

もっといわなきゃいけないことあるのに。

ソフィアは、一月四日に引っ越《こ》すんです。わたしは明日からおじいちゃんとおばあちゃんの家へ行くので、その日は見送ることができません。

「親にたのまれたから、絵馬を買ってくる」

翔がそういって歩き出して、唯が、

「神社のものは『買う』っていわないんだよ。お金をお納《おさ》めして、いただくんだよ」

といいながら、後を追いかけました。

ソフィアとわたしは境内《けいだい》を抜《ぬ》けて、うらの展望台《てんぼうだい》に行きました。

そこからは海が見えます。左下に波島《なみしま》第一小学校があって、その向こう側に海洋博物館の建物も見えます。

日の光が当たって波が金色に見えるから、金波神社なのかな。いや、そんなことを考えている場合じゃない。

「わたしね、ソフィアと友達になりたくなかったの」

そう切り出すと、ソフィアは、

「えっ？」

と、わたしの顔をのぞきこんできました。

「こうやって、すぐにさよならするのがつらいから。友達にならなければつらくないな、って思って。でも、結局、友達になっちゃって。今はほんと仲良くなれてよかったなと思ってる」

ソフィアは、にこっとわらって、わたしの肩《かた》をぎゅっとだきしめてくれました。

ふたりならんで、海を見つめながら、わたしは続けます。

「『ハッピー・ホリデーズ』って言葉、教えてくれたでしょ？」

「はい、教えたよ」

「とてもいい言葉だな、って思って。わたしもソフィアに何か言葉をおくりたいなって思って。でもあんまりいい言葉を知らないから、辞書で調べたんだ」

「何、教えてくれるの？」

「カンタンアイテラス」

「カンタン……？　アイテラス？」

「そう。心の底まで開いて、親しくつき合うっていう意味。わたしとソフィアのことだな、って思ったの」

わたしはカードを手わたしました。

ソフィアちゃんへ
友達になれてよかったよ。
さびしくなったときの、おまじないの言葉だよ。
カンタンアイテラス
肝胆相照《かんたんあいて》らす仲の香央《かお》より

じっと見ていたソフィアがほほえみました。

「さびしくなるはずないと思う」

「どうして？　お別れはやっぱりさびしいよ」

「心の底から仲良くなった友達は、はなれていても心がつながるよ」

ソフィアがカードをくれました。そこにはメールアドレスと、ソフィアがやっているSNSのアカウントが書いてあります。わたしはまだスマホを持っていません。でも、お父さんとお母さんに相談してみよう！　と決めました。

「うん！　新しい学校のこと、教えてね」

そうわたしがいうと、ソフィアはうなずきました。

「また、新しい苔《こけ》を見つけたら教えてね」

わたしたちは、ぎゅぎゅっとおたがいの肩《かた》をだきあって、それから、

「あ、そうだ。翔と唯をさがさないと」

と、急に思い出して、また境内《けいだい》へ向かったのでした。しっかり手をつなぎながら。

「答辞」加納《かのう》藍花《あいか》のはなし

「卒業式の日、六年生を代表して答辞を読むのを、うちのクラスの人にやってもらうことになった。加納《かのう》さん、よろしくたのむね」

帰りの会のとき、小室《こむろ》先生に指名された。

え、どうしよう、と思った。

卒業式では、五年生の代表が送辞を読む。六年生へ贈《おく》る言葉だ。

それに対して答えるのが答辞。去年の六年生の答辞は、りっぱでかっこよかった。下級生や先生や保護者に感謝して、これから前に向かう、という気持ちをはっきりと言葉にしていた。

「藍花《あいか》になると思った」

「やっぱねー、学級委員もやってるし、まとめ役だもんね」

教室の後ろのほうからそんな声が聞こえる。

たしかにわたしはまとめ役だ。おもしろいことをやって引っ張っていくタイプではなくて、みんなをまとめる役。

そんなわたしからすると、ひとりで書いてひとりで発表しないといけない答辞は、とてもむずかしい。

「どんなふうにすればいいのかな」

帰りの会が終わった後、つぶやくと、となりの席の唯《ゆい》が、

「去年の人は、先生に手伝ってもらったらしいよ」

と教えてくれた。

そうか。いざとなったら、先生に相談すればいいもんね。ちょっぴり気が楽になった。

後ろの席の隆太《りゅうた》が、

「なかせる感じのやつがいいなー。保護者全員が大号泣《だいごうきゅう》！　みたいな」

と、なきまねをしている。

「やだよ。わたしもないちゃったら、その後の記念写真でひどい顔になるもん」

ナズナが会話にくわわってきた。

たったふたりだけでも、意見が分かれるんだなぁ。

わたしひとりで決めないで、みんなにちゃんと相談したほうが、気持ちの伝わるものを書くことができるかも。

やっぱりわたしはまとめ役が向いている。


二日後に自習の時間があった。先生は最初だけいて、すぐにいなくなった。前の国語の時間に図書室で借りた本を読むようにいわれたけど、みんな、ぺちゃくちゃとおしゃべりしている。

わたしは教室の前に行った。学級会ではないから、壇上《だんじょう》ではなく教卓《きょうたく》の前に立った。

「みんなに相談があるんだけど」

ぱっと全員がこちらを見る。

わたしは考えていたことを話した。みんな、急にいわれても……答辞ねえ……という感じでだまりこんだ。

すると、寛人《ひろと》がいってくれた。

「わかった！　この六年間で印象に残ってることをさ、一つずついっていこうぜ。校舎のすきな場所でも、うまかった給食でもさ」

「ミートボール！」

と、すぐに応じたのは隆太だ。

「そうそう、そんな感じ。それをメモしていって、藍花が参考にすりゃいいんだよ」

「わかった」

わたしは、ノートの白いページを出した。まずは「ミートボール」とメモする。

「教室に飛びこんできたセミ！」

大声でいったのは隼人《はやと》。そんなこともあったな、と思い出した。五年生の九月だった。ベランダに弱っているセミがいて、みんなで心配してさわいでいたら、セミがとつぜん復活して教室に飛びこんでしまったのだ。

「あはは、あのとき、葵《あおい》がなきそうにビビッてたよな」

「ないてませーん」

葵が鼻にしわをよせていい返したので、わらい声が起きた。

「おれは運動会の玉入れ。あれ、三年のとき？　おれ、両手に持ってたのにさ、時間切れの笛が鳴って、くやしいから思いきりテキトーに投げたら、校長先生の頭に当たってさ」

そういったのは隆太。

「あーっ。それ覚えてる！」

「そうそう、三年のときだよ」

「さすがのおれも、あせった」

「先生、『だいじょうぶだいじょうぶ』ってわらってたけど、実はいたそうだったよな」

わたしはもう、だれがいったのか、確認《かくにん》する余裕《よゆう》がなくなった。ひたすらメモ、メモ、メモ。

「隆太つながりで思い出したけど、一年のころだったかな、プリントを出さなきゃいけないのを隆太が忘《わす》れてきて、先生に『カニに、ハサミでプリントを切られました』って苦しいいいわけしててさ」

「あはは、たしかに教室に、たまにカニが出没《しゅつぼつ》するけどさ」

「切られたって、プリントなくならねーだろ、っていう」

「かわいいなー、いいわけが」

わたしのノートはあっという間にうまってしまって、ページをめくった。

「カニといえばさ、わたし、ろうかでふんじゃったことあるんだよねー。あれ、罪悪感ある」

「クシャって足元で音がするとショックだよな」

「そんなところにいるなよ！　って思う。申し訳《わけ》なくて逆ギレ」

「松の根っことか雑草はえてるところに持ってって、奇跡的《きせきてき》に回復してくれーって思いながら放したことある」

「海岸が近いうちの学校ならではの、あるあるだよね」

「海の話で思い出したけど、去年の夏、台風の後の海はひどかったよねー」

「あ、でもさ！　そのおかげで、湾《わん》の向こう側からボトルのお手紙が届《とど》いたわけだし」

「聞きたかったんだけど、あの子たち、学校に来たんだよね？　隆太だけ会ったんだよね？

その後、連絡《れんらく》取り合ってんの？」

「と、取り合ってないですよ？」

「なぜ今、口ごもった？」

「あやしぃー！」

「あやしくないですよぉぉ」

「そういえば、みんな、ソフィアとは連絡《れんらく》取り合ってんの？」

「きのう、メッセージのやりとりした！　うちの学校の卒業式に出たかったって」

「でも、今の学校にもだいぶなれてきたみたいだね？」

「バレンタインは、女子から男子にチョコをあげる日って知って、おどろいてたみたいだよ」

「なんでおどろく？」

「アメリカでは、男女関係ないんだって」

「いろいろちがうなー。『ハッピー・ホリデーズ』といい」

必死にメモをとりながら、わたしは考えていた。

なかせる要素、少ない。というより、ほぼない。みんなが思い出すことは、だいたいがおもしろかったこと、なつかしいことばかり。カニをふんだ件だけは、ちょっとせつないけれども。

ちょうど会話がとぎれて、教室内が静かになったところで、わたしは前に出た。今度はちゃんと教壇《きょうだん》に立った。

「あの、みんなの話、ありがとうございます。それで思ったんだけど……。わたしは、この学校がどれだけ楽しかったか、いろんな思い出を話そうと思います。でも、それは短めにして、その後、六年生全員でなんかやる、っていうのはどうでしょう？」

「なんかって、何？」

香央《かお》が首をかしげる。

「全員でできること。歌を歌うとか、セリフを決めておいて、みんなでいうとか」

「みんなでおどるのは？」

いきなり翔《しょう》がいいだして、みんなわらいだした。

「学年全員がおどれるのって、校歌体操《たいそう》くらいしかないいじゃないか」

隼人が突《つ》っこむと、翔がにやりとする。

「その校歌体操《たいそう》だよ」

「やだーっ」

教室から大きな声が上がった。

うちの学校の校歌は、けっこうすてきな曲なのだけれど、それに合わせておどる校歌体《たい》操《そう》は、ふりつけが変だ。というか、子どもっぽい。

両手を胸元《むなもと》でクロスさせてくねくねと体を曲げたり、両手を上げて指先をふりながら、ぐるっと一周したり。

また翔が変なこといってるの、却下《きゃっか》！　という雰囲気《ふんいき》になりかけていたが、香央がいった。

「あえて全力で校歌体操《たいそう》をおどってみるの、おもしろいかも」

香央は立ち上がって、ふりを再現してみせた。

「うちのおじいちゃん、ラジオ体操《たいそう》を全力でやる教室っていうのに通ってて。ラジオ体操《たいそう》もたいしたことないように見えて、全力でやるとすごい運動量なんだって。指先までぴしっとのばして」

味方ができて、翔の声がはずむ。

「そうだよな！　学校で校歌体操《たいそう》を見るのもやるのも、これが最後になるわけだしな」

みんながわたしのほうを見る。答辞をいうわたしが結論《けつろん》を出さなきゃいけないみたいだ。

「ありだと思います。校歌体操《たいそう》なら、一組と二組にも、それぞれ準備しといてね、っていいやすいし」

「よし、決まったぜ！」

翔が胸元《むなもと》に手を当てたまま、くねくねと体を曲げた。

ほかの子たちも立ち上がって、ふりつけをさっそく再現している。

よかった。ほら、わたし、やっぱりまとめ役が向いている。

「さらば！　学校」
寺《てら》尾《お》寛《ひろ》人《と》のはなし

おれは大きく深《しん》呼《こ》吸《きゅう》した。間もなく卒業式が始まる。正確には「卒業証書授《じゅ》与《よ》式《しき》」なのかな。そう書かれた横断幕《まく》が、体育館のステージに飾《かざ》られている。

ステージに向かって左側が六年生、右側が五年生だ。そして後ろに保護者の席がある。先生たちはステージのわきにならべられたパイプいすにすわっている。

式が始まった。司会はうちの担任《たんにん》、小室《こむろ》先生だ。ふだんはジャージやスウェットの上下を着ているけれど、今日はびしっとグレーのスーツで決めている。青とグレーのストライプのネクタイが目立つ。

校長先生がマイクに向かって、話しはじめた。波島《なみしま》第一小がなくなってしまうことを、悲しそうに語っている。でも、校長先生が転任してきたのは去年だもんな、とおれは思う。たった一年だから、そこまでさびしくないはず。おれらは六年間毎日通い続けたんだ。

その後はPTA会長のスピーチだった。ちょっと長め。おれは左右の壁《かべ》に貼《は》られているみんなの絵を見た。

去年までは六年生がかいた自画像を貼《は》ると決まっていた。

でも今年は最後だから、自画像ではなくて校舎のすきな場所、思い出の場所をかいていいことになった。

いろんな絵がある。いちばん多いのは、グラウンドから見た松林と海だ。あとは、教室の風景。図書室や音楽室。ろうかにいるカニの絵もある。

PTA会長のお話が終わった。次は送辞だ。立ち上がったのは、児童会の副会長をやっている五年生の男子だった。

マイクの前に立って、送辞を読みはじめた。すごい。長い文章なのにかなり覚えているみたいだ。手元の紙を見ないで、こちらに顔を向けながら話している。

じっくり聞きたいんだけれど、どうしても上の空になってしまう。次はおれたちの出番だ、と周りのやつらと目配せし合っていたから。

いよいよ答辞だ。

加納藍花《かのうあいか》が前に出る。水色の袴《はかま》すがただ。おれたちの組のやつが選ばれたっていうのがほこらしい。

藍花は、さっきの五年生とはちがって、大きな紙を広げてしっかり読み上げていた。紙でわざと顔をかくしているようにも見える。藍花はクラス代表に選ばれがちだけど、実は目立つのが苦手みたいだ。

このスピーチが終わると、すぐおれたちのパフォーマンスが始まる。それには準備が必要なんだ。

おれは背中《せなか》に手を回した。今まで、実は大変だった。リコーダーをこっそりかくして持ちこんでたんだ。

背骨《せぼね》に沿《そ》う感じで、ズボンに差しこんで落ちないようにしていた。その上からスーツの上着を着ているから、たぶん先生や保護者には気づかれていないと思う。

そっとリコーダーを取り出して、体の前に持ってくる。左どなりにすわっていた中川美生《なかがわみお》が、

「がんば」

と、小声でささやいてくれる。

おれは、右ななめ後ろを見た。そこには新庄翔《しんじょうしょう》がすわっていて、同じようにリコーダーをそっと手に持っている。目を合わせてうなずきあった。

今度は左ななめ後ろ。清水乃亜《しみずのあ》がリコーダーをワンピースの上に乗せている。本当はピンク色のワンピにするはずだったのに、茶色に変えたらしい。茶色いリコーダーを持っていても目立たないように。おれは、乃亜と目を合わせた。

藍花のスピーチが終わろうとしている。

おれは深呼吸《しんこきゅう》した。すべては自分のリコーダーから始まるんだ。

実はおれ、絶対音感じゃないんだけど、絶対リズム感を持っているらしい。

そういう才能があるって、少し前までは知らなかった。教えてくれたのは兄ちゃんだ。兄ちゃんは中学でバンドを組んでドラム担当《たんとう》になった。それでドラムセットを買ってもらったんだ。

おれはうらやましくて、ひとりで留守番している日、納戸《なんど》に置いてあるドラムを勝手にいじっていた。そうしたら、帰ってきた兄ちゃんにバレた。おこられるかと思ったら「リズム感めちゃくちゃよくね？　おまえ」とおどろかれたんだ。

ふつうの人は、テンポが速くなったりおそくなったりするものらしい。おれの場合は、この速さで行くと決めたら、速度を変えず一定のテンポを刻《きざ》むことができる。

それで選ばれてしまったんだ。六年生全員が歌っておどる校歌に伴奏《ばんそう》が必要だから。リコーダー隊を三人用意することになって、そのうち、最初に演奏《えんそう》してリズムを決める役になった。おれは、ピアノもひける翔がやったほうがいいんじゃないかと思ったんだけど。

藍花がスピーチをしめくくった。

「それでは最後に、六年生全員からのお別れのメッセージをお届《とど》けします」

ぱっと全クラスの六年生が立ち上がった。

おれは大きく息を吸《す》って、ミミミソ、レレレソ、ドミソ、ミミミソ、レレレソ、ドと吹《ふ》いた。三組だけではない。二組、一組のみんなにもしっかり届《とど》くように。

これが校歌の前奏《ぜんそう》なんだ。

藍花がすばやくうちのクラスの列にもどってきた。

次にもう一度、ミミミソ、と吹《ふ》くときは、翔と乃亜がくわわった。

いよいよ、歌に入る。一組から三組までの六年生全員の声。

きらめいて　海　かがやいて　波
ぼくらは　学ぶ　ぼくらは　走る

歌いながら、校歌体操《たいそう》を全力でみんなやっている。きらめいて海、のところは手をきらきらさせる。かがやいて波では、きらきらさせながら両手を高く上げる。

体育館内にわらいとざわめきが広がっていく。

いつもは照れながら、小さく手を動かしていた体操《たいそう》を、みんながまじめな顔をして指先までピシッとのばしてやっている様子は、かなりおもしろいと思う。

六年一組は、先生や五年生から丸見えだから大変だ。三組は、先生の席からははなれていて助かった。

今日という日を　ノートに　きざみ
明日をさがして　ページを　めくる
さあ　手をつなごう
友達と　わらおう
ああ　波島第一小学校

一番が終わった。

ここで、全員がくるっと百八十度回転して、逆方向を見た。後方にすわっている保護者のほうをまっすぐ見る。

「あ、あら」

「まあ、みんなこっちを向いたわ」

最前列の保護者が顔を見合わせて、とまどっている。

おれはリコーダーを吹《ふ》き続け、みんなは二番の歌詞《かし》を歌いながら、おどっている。

そのとき、気づいた。

全力体操《たいそう》の輪が広がっている。後ろのほうにすわっている保護者が、すわったまま、おれらと同じように手を上げたり下げたりしている。やや遠慮《えんりょ》がちで、動きは中途半端《ちゅうとはんぱ》だ。

五年生もマネしている。こっちは本気で指先がスパッとのびている。

気がついたら、もう二番も終わりだ。

「ああ　波島第一小学校」の部分を二回くりかえして、曲は終わった。

大きなはくしゅが起きた。おれたちは着席したけれど、そのはくしゅはいつまでたっても終わらなくて、やがて、パチ、パチ、パチ、パチという手拍子《てびょうし》に変わっていった。

「え、これ、もしかしてアンコールじゃないの？」

おれがいうと、翔がうなずいた。

「もう一度やれってさ。今度は全員でやろうぜ」

保護者がみんな立ち上がった。五年生も、先生も。

パイプいすを動かす音がしばらく続いて、それから体育館がしんとなった。

おれのリコーダーの音だけが、体育館にひびいた。

ミミミソ、レレレソ、ドミソ、ミミミソ、レレレソ、ド。

吉野万理子　作
よしの・まりこ
作家、脚本家。2005年『秋の大三角』で第1回新潮エンターテインメント新人賞、『劇団6年2組』で第29回、『ひみつの校庭』で第32回うつのみやこども賞、脚本ではラジオドラマ『73年前の紙風船』で第73回文化庁芸術祭優秀賞を受賞。その他、「短編小学校　5年1組」シリーズ、「チームふたり」シリーズ、『いい人ランキング』『部長会議はじまります』『雨女とホームラン』『100年見つめてきました』など著書多数。

丹地陽子　絵
たんじ・ようこ
イラストレーター。三重県生まれ。東京藝術大学美術学部デザイン科卒。書籍や雑誌の装画や挿絵、広告のイラスト等で活躍中。装画・挿絵を手がけた主な作品に『ポプラキミノベル　いまをいきる』『つくしちゃんとおねえちゃん』『卒業旅行』『あの花火は消えない』「大草原の小さな家」シリーズなど多数。

短編小学校《たんぺんしょうがっこう》6
6年《ねん》3組《くみ》さらばです
2024年 7月 23日　第1刷発行

作　者　吉野万理子
画　家　丹地陽子
発行者　吉川廣通
発行所　株式会社静山社
〒102-0073　東京都千代田区九段北 1-15-15
電話 03-5210-7221
https://www.sayzansha.com
印刷・製本　中央精版印刷株式会社
装　丁　城所潤（ジュン・キドコロ・デザイン）
編　集　荻原華林

ISBN978-4-86389-811-0